東京創元社

人物
久蔵
太鼓長屋の大家の息子
千弥
太鼓長屋に住む
按摩の青年
玉雪
謎の女妖怪。弥助を
手伝ってくれる
梅ばあ
梅の妖怪
梅吉
梅の子妖怪
弥助
千弥の養い子

その他の人物

朱刻（あけとき）………雄鶏（おんどり）の妖怪
時津（ときつ）………雌鶏（めんどり）の妖怪
十郎（じゅうろう）………付喪神（つくもがみ）を商（あきな）う商人（あきんど）
雛の君（ひなのきみ）……妖鳥（ようちょう）の姫（ひめ）
東風丸（とうふうまる）……雛の君の守り手（まもりて）
冥波巳（くらはみ）……あやかし食らい
うぶめ……子どもを守る妖怪

目次

妖怪の子預かります　1

戦国の世が終わり、ときは平和な江戸時代。

江戸は、それはにぎやかであった。物が集まり、人もあふれるありさま。そして、人が増えれば住まいも増えると、長屋もあちこちに建てられていく。

ある日、太鼓長屋と呼ばれる長屋に、目の見えない按摩が子連れで越してきた。

子どもは七歳かそこらの男の子。按摩のほうは、二十そこそこの若い青年であった。親子にはまず見えず、また兄弟というにはあまりにも似ていない。さらに、子どものほうは、人前ではまったくといっていいほど口をきかなかった。

目の見えぬ青年に、物言わぬ子どもということで、長屋の住民たちはさいしょはめずらしがった。が、どんなにめずらしいものも、時がたてば色あせる。

やがて、長屋の人々はなにも言わなくなった。ひっそりと暮らす二人を受け入れたのだ。

1　弥助と石

腕が見えた。血の気のまったくない白い腕。それが闇の中に一本だけ投げだされている。

ふっくらと丸みをおびた付け根。すんなりと細い指先。ああ、これは女の腕だ。だが、だれのものかはわからない。腕しか見えないのだ。

その腕を、じわじわと闇が飲んでいた。付け根のほうから少しずつ。

ああ、こわいこわい。これ以上、見ていたくない。

だが体はこわばり、目をそらすこともできず、弥助はただただ腕を見つづけるしかない。

と、それまでぴくりともしなかった手がひくひくと、動いた。

生きている！　それなのに食われていく！

さけび声をあげそうになり、弥助はあわてて口を押さえた。

声を出してはならない。声はだめだ、だめだ、だめだ。だがこわい。苦しい。助けて！

「弥助」

ふいに、やわらかな声が、闇の向こうから聞こえてきた。

ああ、夢を見ていたんだ。気づきながら、弥助は目を開いた。となりには千弥がいた。

「またこわい夢を見たんだね」

「うん。……起こしてごめん」

「気にしなくていい。どうせ寝ていなかった」

千弥は小さく笑いながら、弥助のために明かりをつけてくれた。

そこは、畳の傷んでいない、こざっぱりとした小部屋だった。今夜は佐和のご隠居の屋敷に泊まったことを、弥助はようやく思いだした。

佐和のご隠居は、もとは江戸中に名をとどろかせていた商人だった。いまは息子に店をゆずり、自分は田舎に屋敷をかまえて、趣味の盆栽を楽しんでいる。元気のいい老人だが、腰が悪く、今日も按摩の千弥を呼んで、体をもませたのだ。

ご隠居の屋敷まではかなり道のりがあり、按摩が終わったときには、とっぷり日が暮れていた。そこで、千弥と弥助は一晩泊まらせてもらうことになったのだ。

他人の家に泊まるのが、弥助はきらいだった。なじみのない匂い、気配がいやだ。だから、悪夢を見たのだろう。

と、千弥が弥助の頭を軽くなでてきた。

「あまり気にしないほうがいい。夢は夢だ」

弥助に対して、千弥はいつもほほえみをうかべている。だが、目は閉じたままだ。もう何年もいっしょに暮らしているが、このまぶたが開いたところを弥助は見たことがない。

千弥は目が見えないのだ。

弥助はしげしげと千弥を見つめた。

千弥の顔は本当に美しい。いつも目を閉じて、髪の毛もきれいに剃りあげてしまっているから、どこか人とはちがう、近よりがたい美しさがある。

しかも、千弥はとても若々しかった。二十五は越しているはずだが、二十そこそこにしか見えない。本当の歳は千弥自身も知らないというが、いったいいくつなのだろうと、弥助は首をかしげてしまう。

もっとも、弥助も自分の本当の歳を知らない。四つか五つのときに、千弥に拾われたのだ。

千弥は、山の中で一人で泣いていた弥助を見つけたのだと言う。だが弥助にはそのときの記憶も、その前の記憶もない。とにかく気づいたときには、弥助は千弥を「千にい」と呼んで、いっしょに暮らしていた。

食事も、着る物も、めぐっていく四季の思い出も、すべて千弥が与えてくれたものだ。千弥こそが弥助のすべてだった。

だから、いつでもいっしょにいたかった。「千にいの身のまわりのことはおれがやる」と、千弥にはりついているのも、そのためだ。

(でも……ほんとはおれがいなくても、千にいはぜんぜん困んないんだろうな。目が見えてるみたいに勘がいいし、なんでも自分でできるし)

弥助がそんなことを思ったとたん、千弥の顔が少しきびしくなった。

「またつまらないことを考えているね？」

弥助はべろを出してしまった。目が見えなくても、千弥はかんたんに弥助の心を読みとってしまうのだ。それが当たり前になってしまっていて、だからこそ弥助は千弥以外の人とつきあうのが苦手だった。

千弥がいい。千弥さえいてくれればいい。

弥助はいつものようにあまえた口調で千弥に話しかけた。

「もうじき朝かな？」

「ああ。夜明けが近い。……少し庭でも歩いておいで。気分がすっきりするだろうから」

とても眠れそうになかったので、弥助はそうすることにした。

部屋を出て、縁側から裏庭へと降りた。まだまだあたりは真っ暗だったが、千弥が言ったとおり、夜明けが近いようだ。

冬も近いので、空気は痛いくらい冷たかった。だが、弥助にはこの冷気が心地よかった。悪夢の残りがぬぐいとられるような気がする。

少しずつ目が闇に慣れてきた。広い庭と、その先に広がるこんもりとした小さな森が見えてくる。その森に向かって、弥助はゆっくりと足を進めはじめた。

夜の暗闇はこわくなかった。いつかかならず日が昇るとわかっているから。

なのに、ときおり見るあの夢。夢の中に出てくるあの闇。あれだけはだめだ。腹の底から恐怖がこみあげてきてしまう。あの黒さ、深さ、底知れなさ。思いだすだけで、べっとりと汗がにじんでくる。

落ちつけ。あれは夢だ。本当のことじゃない。

自分に言いきかせているうちに、いつのまにか森の中に入っていた。

木や枯れかけた草の匂い。冷えた土や石の匂い。そうしたものが入りまじり、森の空気はどっしりと重かった。

そろそろもどろうかと思ったとき、ふいに白いものが目に飛びこんできた。

それは石だった。

漬物石くらいの大きさで、つるりとしていて、色は白く、ほのかにかがやいて見える。

弥助はあの腕を思いだした。あの腕も、この石のように白くて、なめらかだった。

ああ、いやだ！

急に弥助はかっとなり、気づいたときには、石を両手でつかんでいた。見た目よりずっと重かったが、弥助はそれを頭の上まで持ちあげると、一気に地面に叩きつけた。

びしん。

大きな音をたてて、石は二つに割れた。

ひびだらけになった石のかけらを見て、弥助はすっきりした。

そうだ。千弥のところにもどらないと。

さっぱりした顔をして、弥助は来た道を小走りでもどっていった。

*

弥助と千弥は、その日の昼どきに太鼓長屋にもどった。

ところがだ。

部屋の中には招かれざる客があがりこんでいた。

「やあ、お帰りぃ。二人そろって、どこに行っていたんだい？」

図々しく寝転がりながら、その客は笑いかけてきた。

若い男だ。千弥ほどではないが、なかなかいい顔立ちをしている。しかも身なりは手がこんでいた。しゃれた帯をしめ、たばこ入れや根付も粋なものだ。髪はきれいに結ってあり、どこかに匂い袋を入れているのか、いい匂いがした。

千弥が冷たく言った。

「また入りこんでいたんですか、久蔵さん？」

「そんなどろぼうみたいに言わないでほしいなあ。傷つくよ、千さん」

愛嬌のある笑顔を向けてくる男。この太鼓長屋の大家の息子、久蔵である。

二十三歳で、このあたりきっての女たらし。仕事もせず親の手伝いもせず、ただふらふら遊びまわっている、根っからの遊び人だ。

この久蔵、「男と子どもはきらい」と言っているくせに、千弥と弥助のことだけは妙に気に入っていて、やたらかまいたがる。勝手に部屋にあがりこみ、ぬか漬けなどを食いあらしたりする。なにより、千弥にべたべたするので、弥助にとっては許しがたいやつなのだ。

弥助は久蔵をぐっとにらみつけながら、千弥にささやいた。

「勝手に入るな！　って言ってやってよ、千にい！」

千弥以外の人の前では、弥助はどうしても大きな声を出せないのだ。

そのことを知っている久蔵は、にやあっと笑ってきた。

「ん？　子狸がな〜んか鳴いてるねえ。な〜んて言っているのかなあ」

「子狸って呼ぶな！　って言ってやって、千にい！」

弥助はくやしがって地団太踏んだが、久蔵はいっそうおもしろがって笑った。

「ったく。あいかわらず面倒なやつだね。ところで、どこに行ってたのさ、千さん？」

「佐和のご隠居のところに」

「へえ。あんなとこまで？　そりゃご苦労さん」

「……久蔵さん。そろそろ親御さんのところに帰ったほうがいいんじゃありませんか？　心配しているでしょうに」

「いやだよ。じじばばの顔見るより、千さんの顔見てるほうがいいもの。いやあ、あいかわらずいい男だねえ」

へらへら笑う久蔵を、なぐってやろうかと、弥助は思った。

と、千弥が久蔵に近より、すいっとたばこ入れを抜きとった。

「弥助。大家さんのところに行って、これを大家さんに見せてきなさい。どら息子がうちにいると、すぐにわかってもらえるだろうから」

「うわ、千さん！　そりゃないよ！　わ、わかった。どっかよそに行ってやるから。ふん。いいよいいよ。おれを泊めてくれるとこなんか、山ほどあるんだからね」

負け惜しみを言いながら、久蔵はようやく出ていった。千弥がため息をついた。

「あれも困った男だね」

「大きらいだ、あんなやつ！　いつもおれのことからかって！　せ、千にいのことだって、千さん千さんって、なれなれしいし！」

「……妬いているのかい？」

「…………」

当たりだった。千弥に近づく人間は、だれであろうと気に食わない。千弥を取られてしまうのではと、こわくなるのだ。

むすっとしている弥助の頭を、千弥はやさしくなでてやった。

「わたしはいつも弥助のそばにいるから。わたしは弥助だけの千弥だよ」

弥助がほしがる言葉を、いつも千弥は与えてくれる。

気持ちがたちまちほぐれ、弥助はかんしゃくを起こしたことが恥ずかしくなった。

「ごめん、千にい」

「あやまることはないさ」

千弥はにこりとほほえんだ。仏のようにやさしいほほえみだった。


その夜。

そろそろ寝ようかというとき、だれかが弥助たちのもとを訪ねてきた。戸がとんとんと叩かれる。どなたですかと千弥がたずねたが、戸の向こうから返事はない。ただひそやかに戸が叩かれつづける。

たぶん久蔵だと、弥助は思った。一晩泊めてくれと、頼みに来たのだろう。

弥助は千弥にたずねた。

「久蔵だったらなぐってもいい？」

「あとで盛大にわめかれて、うるさくなるよ」

「どろぼうだと思ったって、言い訳すればいいよ。ねえ、いいよね？」

「……なるべくけがをさせないようにするんだよ」

「うん！」

お許しをもらった弥助はすりこぎを握りしめ、がらっと戸を開けた。

だが、戸の向こうにはだれもいなかった。

「あれ?」

弥助は首をかしげながら、外に一歩出て、まわりを見まわした。やはりだれもいない。

「弥助、もどりなさい!」

千弥が声をあげるのと、だれかが弥助のえりくびをぐっとつかむのとは同時だった。と、足が地面をはなれた。すごい力で持ちあげられたのだ。

これは久蔵ではない。優男の久蔵にこんなばか力はない。では、いったいだれだ?

弥助はこわくなった。

「その子から手をはなせ!」

うしろから千弥のどなり声が聞こえた。聞いたこともない、吼えるような声だ。

だが、弥助をつかまえている何者かは、弥助をはなさなかった。しわがれた声が、上のほうから次々と降ってきた。

「我らは罪人をひったてにまいった者」

「邪魔立ては許さぬ」

「さあ、神妙にいたせ!」

身動きのとれぬまま、弥助は目をみはった。

お上の役人たち？　でも、なぜ？　おれがなにをしたっていうんだ？

おどろきのあまり力が抜ける。その隙をつかれ、今度は目隠しをされてしまった。

「その子がなにをしたというのだ」

首筋の毛が逆立つような千弥の声に、捕り手たちもひるんだようだ。しばらくだまったのち、今度はなだめるような声で、静かに言った。

「我らは奉行所の者。月夜公の命で、この者を裁きの場に連れていく」

「月夜公……だと？」

「そうだ。この子どもは罪人として裁かれるのだ」

複数の手が、弥助の手足をがっちりつかんだ。どの手もざりざりとしており、氷のように冷たかった。つづいて羽ばたきが起き、弥助は自分が地面から遠ざかるのを感じた。

「弥助を返せ！」という千弥のさけびすら聞こえなくなる。

「千にい！　いやだ！」

だが、たくさんの手は弥助をはなさない。羽ばたきもやむことはない。

おそろしい速さで運ばれ、弥助はついに気を失った。

2 妖怪奉行のお裁き

「これ。起きよ、人の子」

聞きなれぬ声に、弥助は目を覚ました。とたん、おそろしい顔が目に飛びこんできた。ぎょろりと光る赤い目、黒い羽毛におおわれ、大きな黒いくちばしが突きでた顔。鳥でありながら人間らしくもある、化け物の顔だ。

「ぎゃっ！」

あわててあとずさろうとしたが、体に縄が食いこみ、そのままばったり倒れてしまった。弥助の細い体には、二重三重に縄が巻きつけられていたのだ。

痛みとこわさにふるえながら、弥助は鳥の化け物をふりあおいだ。背中には大きな翼がはえているが、体は人間だった。山伏のような着物を身につけ、頭には六角形の小さなかぶりものをかぶっている。

これはもしや、烏天狗と呼ばれる妖怪ではないだろうか。

と、烏天狗はかぎ爪のはえた手で、弥助の首をつかんで引き起こしてきた。

「しゃんとせい。まもなく月夜公がおいでになる。おまえの裁きがはじまるのだ」

あたりを見れば、そこは小さな坪庭の中のようだった。四方を高いしっくいの壁でかこまれ、足元にはきらきらと光る白い砂利がしきつめられている。

そして、前方には大きな赤い鳥居がそびえていた。

それを見たとたん、弥助の首筋の毛がぞわりと逆立った。ここは人間がいるべき場所じゃないと、肌で感じたのだ。

こわくて、ふるえが止まらなくなった。だが、怒りもこみあげてきた。なぜ、こんな目にあわなければならないのか、その理由がわからない。

烏天狗は、弥助の心を読んだらしい。おそろしい目でにらんできた。

「おまえが悪いのだ。こともあろうに、うぶめを傷つけおって。子持ちの妖怪たちはみんな怒りくるっていて、下手人をひっ捕らえてくれと、いっせいに奉行所に押しよせてきたのだぞ。おかげで、詰め所の烏天狗どもは押しつぶされるところであったわ」

「う、うぶ、め?」

「ここは妖怪奉行所、東の地宮。ここを司る月夜公が、おまえをお裁きになる。さあ、おとなしく待っておれ。まもなくだ。まもなく、おいでになるぞ」

その言葉が終わるか終わらぬうちに、赤い鳥居が鈍く光った。と、次には鳥居の奥にほっそりとした人影が立っていた。

その人は鳥居をくぐって、弥助の前にやってきた。若い男だった。平安の貴族を思わせる緋色の衣をまとい、たっぷりとした白い髪を長くたらしている。

顔はすばらしく美しかった。三日月のような、するどく冴えた美だ。顔の右半分を、赤い般若の面で隠しているせいで、ますます美しさが際立って見える。

さらに、男には狐のような尾があった。長い白銀の尾が三本、衣の裾からのびている。それを、三匹のねずみたちが支えていた。みな黒いお仕着せをまとい、かしこまった顔をして、男の尾が地面に触れぬように持ちあげている。

優雅な物腰で弥助の前にまでやってくると、男はじっくりと弥助を見つめてきた。まったく人間味のない、冷ややかなまなざしだった。

「吾は妖怪奉行所、東の地宮を治める月夜公である。うぬかえ、人の分際でうぶめに無礼を働いたというおろか者は？　ふん。まったく面倒なことをしでかしてくれたものよ。飛

黒。訴状を読みあげよ」

「はっ！」

飛黒と呼ばれた烏天狗は、ふところから一枚の紙を取りだし、読みあげはじめた。

「本日早朝、うぶめの住まいであるうぶめ石が傷つけられました。石は二つに割れ、そのことに心痛めたうぶめは、いずこにか飛びさってしまいました。いつもどるか見当はつかず、我ら子持ちの妖怪は困り果てております。ゆえに、お裁きを願いします。石を傷つけた下手人に報いを与えてくださいませ。なにとぞお願い申しあげます」

以上でござると、飛黒は訴状を月夜公に渡した。月夜公はいやみったらしく訴状をひらひらとふってみせた。

「聞いたかえ？　これがうぬの罪じゃ、弥助。おぼえがないなどとは申すまいのう？」

弥助はぐっと言葉につまった。いろいろわからないことは多いが、今朝、森の中に入って、石を割ったことはたしかだ。どうやらそのせいで、石に住んでいたうぶめとやらがどこかに行ってしまい、妖怪たちは困っているらしい。

だが、あれが妖怪の住まいだったということを、弥助は知らなかったのだ。そう訴えようとしたが、先手を打つように、月夜公がぴしゃりと言ってきた。

「知らなかったではすまされぬ。子を持つ妖怪にとって、うぶめはいなくてはならぬもの。生き神のごとき存在なのじゃぞ」

「い、生き神……？」

「うぶめは、子を思う母の思いから生まれた妖怪よ」

ふいに、月夜公の声が静かなものになった。

「すべての子を我が子のように守り、愛するのがうぶめの性質。ゆえに、うぶめは子預かり屋を営んでおった。いそがしい親妖怪に代わって、子妖怪を預かる乳母役を引きうけていたのじゃ。親たちにとっては願ってもないこと。妖怪の間でもいさかい事は絶えぬが、うぶめはそうしたことに関わりなく、どの妖怪の子でも預かり、守ってくれたからの」

ここで、月夜公は弥助をにらみすえた。切れ長の目の奥で青白い炎が燃えあがる。

「それをうぬは傷つけたのじゃ。いま、みなが手分けして捜しておるが、見つかっても、はたしてもどってくれるかどうか。新たな住まいを見つけるのにも時間がかかろうし、まったく吾にさえ手のほどこしようがないわ」

憎々しげに月夜公は言い、となりにいる飛黒、はては月夜公の尾を支えているねずみたちさえうなずいている。

みんなが弥助に怒っている。それだけのことをしでかしてしまったのだと悟り、弥助は冷や汗が出てきた。

(で、でも、おれは……ほんとに悪気があったわけじゃないんだ……)

うなだれる少年を、きびしい目で月夜公は見ていた。

「というわけじゃ。うぬはまぎれもなく罪人。それも大罪人じゃ。どうあっても処罰せねばならぬゆえ、申しひらきは聞かぬ」

そんなと、弥助は目をむいた。自分が悪いことをしてしまったというのは、よくわかった。だが、申しひらきをさせてもらえないなんて。そんなの、あんまりではないか。

だが、ここでも人の常識は通らなかった。

「ここでは吾が法じゃ。吾の思うことが正しいこととなる。そして、吾は人はきらいじゃ。それに、申しひらきを聞かぬ理由は、他にもあるぞえ。……うぬの匂いが気に食わぬ。とある輩が思いだされて、むかむかするわえ。あやつに似た匂いをまとうて、吾の前に出てくるとは。それだけで重い罰をくれてやりたくなるわ」

なんでこんなのが御奉行なんだと、弥助は天をあおいだ。

(千にい!　助けて!)

だが、千弥はここにはいない。いるのは、弥助に怒りを抱いている者ばかりなのだ。

月夜公が高らかに声をはなった。

「裁きを申しわたす。人の子、弥助。うぶめを傷つけた罪により、子持ち妖怪たちに与え し損害は重大なり。みなへのつぐないとして、子妖怪らを預かり、守ることを命じる。うぶめがもどるまで、妖怪子預かり屋として心をこめて世話をせよ。以上が裁きである!」

言いおえると、月夜公は初めてにやりとした。

「本当は、うぬをむごたらしく罰してやってもよいのじゃ。じゃがな、それでは一時の気晴らしにしかならぬ。それよりは、使えるものは使ったほうがよい。今夜より、うぬは妖怪子預かり屋となる。うむ。我ながら名裁きじゃ。のう、飛黒」

「はっ。されど……こやつめに子妖怪たちの面倒がみきれますかな?」

「みきれぬときはそのときよ。今度こそ処罰してしまえばよい。妖怪印を持ってまいれ」

「はっ!」

一方、弥助は石のようにかたまっていた。

おれが、うぶめの代わりになる? 子どもの妖怪を預かるだって? そんなの無理だ! じゅっ
そう訴えかけようとしたとき、いきなり首のうしろになにかを押しつけられた。じゅっ

と、焼けるような痛みがはじけた。

（ぎゃあああっ！）

悲鳴が喉の奥からあふれそうになった。

だめだ。声を出してはいけない。おれの声はだめだ。だめだだめだだめだ。

弥助は歯を食いしばって耐えた。目の奥から闇が広がってくる。

遠ざかる意識の中、月夜公のゆったりとした声が響いてきた。

「それは妖怪印じゃ。これからはその印を目印に、いそがしい妖怪たちが子どもを預けにくるぞえ。ことわれば、この妖怪印が毒となって、うぬの命を削るであろう。死んでもかまわぬなら、ことわるがよい。できるものならな」

冷ややかな笑い声を聞きながら、弥助は気を失った。

＊

「弥助！　弥助、だいじょうぶかい？　ああ、お願いだから起きておくれ！」

ああ、これは千にいの声だと、弥助は思った。千弥がこんなにあわてふためいた声を出すなんて、めずらしい。なにか大変なことでもあったにちがいない。

重いまぶたを無理やりこじ開けると、青ざめた千弥の顔が目に飛びこんできた。

「弥助！」

「千にい……。どうしたの？」

「どうしたのじゃないよ！　さっき烏天狗どもがおまえを送り返してきたんだ。それからずっと目を覚まさないで！　もう朝だよ。おまえ、あいつらになにをされたんだい？」

まくしたてられて、弥助はようやく思いだした。がばっと跳ねおきた。

「お、お、おれ……千にい、おれ……」

ふるえだす養い子を、千弥はしっかりと抱きしめた。

「だいじょうぶ。もう絶対連れていかせたりしない。なにがあっても守るから。だから教えておくれ。いったいなにがあった？　やつらになにをされたんだい？」

弥助は一つ一つを順番に思いだし、千弥に話していった。

気がつけば、体を縛られて、奇妙な場所にいたこと。烏天狗がいたこと。赤い鳥居の奥から三本の尾を持った美しい男が出てきて、うぶめ石を割ったと弥助を責めたこと。

そして……うぶめがもどるまで子妖怪たちを預かることになってしまったこと。

打ちあけたあとで、弥助はぎゅっと目をつぶった。本当は言いたくなかった。千弥はどう思うだろう？　どんないやな顔をするだろう？　おそろしくて、とても見られなかった。

千弥は長い間だまっていたが、やがてふっと息を吐きだした。

「それは……あきらめて引きうけなければいけないね、弥助」

「えっ？」

「妖怪との約束は、破らないほうがいいよ。彼らは人ではないんだから。逃げられるとは思えない。妖怪印、とやらも捺されてしまったのだろう？」

千弥の言葉に、弥助は首のうしろに手をあてた。

妖怪印を捺された場所には、なにもなかった。何度も手で触ったのだが、傷一つない。てっきり、焼きごてを押しつけられたのだと思ったのだが。

「なんにも感じないけど……やっぱり、ここにあると思う？　妖怪印ってやつが？」

「思うね。それを目印に、妖怪たちは来るんだろう？　だったら、まず逃げられないよ。下手におびえたりしないで、どんとかまえて、受けとめたほうがいい」

「で、でも！……千にいはこわくないの？　ば、化け物が来るんだよ？」

「別にこわくはないよ。わたしはどうせ妖怪のすがたを見ることもないしね」

「いや、見えなくても、こわいもんはこわいよ？」

おたおたしている弥助を、千弥は静かにたしなめた。

「少し落ちつきなさい。妖怪と言っても、子を預けたいというだけなのだろう？　だったらこわいことじゃないよ」

「で、でも、妖怪の子どもなんて！　面倒みれっこないよ！」

「だいじょうぶ。うぶめとやらは、きっともどってくるだろうから。それまでがまんすればいい。わたしも手伝う。決しておまえ一人に重荷をしょわせたりしないから」

「でも鬼が来たりしたら？　食われちゃうかも！」

「どんなにたちの悪い鬼だって、子どもを預けに来て、その相手を食べるなんて、そんなひどいことはしないだろうさ。だいじょうぶだよ。そんなにこわがることはないから」

不思議なくらい千弥は動じていなかった。妖怪などたいしたことないと言わんばかりだ。

その態度に、弥助はすとんと心が落ちつくのを感じた。

ああ、千にいはいやがったり、こわがったりしていない。おれのせいで面倒に巻きこまれたなんて、少しも思っていない。

自分がなにをおそれていたのか、弥助はやっと気づいた。

そうだ。妖怪うんぬんよりも、千弥にきらわれることがなによりこわかったのだ。だが、なにがあろうと弥助を見捨てないと、千弥は言ってくれている。きらわないでくれるという。

それなら、なんとかなるのではないだろうか。

弥助は急に勇気がみなぎるのを感じた。

「千にいにきらわれなければ、おれ、なんだって平気だよ！」

「ばかだね。わたしが弥助をきらうはずないじゃないか」

千弥のやさしい言葉が心にしみた。

そのあと、弥助はふとんに追いやられた。ひと眠りするよう、千弥が言いつけてきたのだ。

「昨夜はあんなこんなだったし、疲れているはずだよ」

その言葉は正しく、横になったとたん弥助は眠りに落ちていた。

目が覚めたのは、夕暮れどきだった。

「うわ、ごめん、千にい！　いますぐ飯の支度するからね！」

弥助はあわてて火をおこし、野菜を洗いにいった。

千弥は意外と不器用で、ことに煮炊きと味つけに関しては、まったくだめなのだ。飯の支度は、何年も前から弥助の仕事で、いまでは料理の腕前はなかなかのものとなっている。

今日も手早く味噌汁を作り、米は醤油と酒といっしょに炊きこんで茶飯にし、その上からごまをふりかけた。おかずは熱い湯豆腐とぬか漬け、それにぷりっとしためざしだ。

それを食べおわったときには、外は真っ暗になっていた。

だんだんと、弥助は胸がざわつきだした。夜は妖怪の時刻だ。子どもを預けにやってくるとしたら、きっとこれからだろう。やっぱりこわいな。こわい。

千弥のそばに座り、どれほどじっとしていただろうか。ふいに戸が叩かれ、「お頼み申します」と、しわがれた声が聞こえてきた。

弥助は飛びあがった。

「来た！　ど、どうしよう、千にい？」

千弥にすがりついたが、千弥は戸のほうを指さした。

「開けなさい、弥助。中に入れてあげなさい」

「でも……」

「いいから早く」

強い口調で言われ、あわてて弥助は戸口に駆けよった。だが、またかたまってしまった。

ほんとに開けてしまっていいのだろうか？　このまま戸口を閉ざしていれば、もしかして切りぬけられるのではないだろうか？

そう思ったとたん、ずくりと、首筋に痛みが走った。

（う、うあああああっ！）

弥助はのたうちまわった。妖怪印を捺されたところが、はげしく痛んだ。熱くて、痛くて、骨がとけていくような気がする。と、千弥のさけびが聞こえた。

「開けなさい、弥助！　戸を開けるんだ！　早く！」

必死で弥助は戸を開けた。

「は、入れ！」

そのとたん、痛みがうそのように消えた。本当に一瞬で消えたのだ。

ぜえぜえあえぎながら、弥助は敷居の向こうを見た。だれもいないように見えた。だが、首をかしげかけたとき、下からあのしわがれた声が聞こえてきたのだ。

「子どもを預けに来ましたよ」

見れば、小さな影が一つ、弥助の足元にちんまりと立っていた。

3　さいしょの子預かり

それは、身の丈三寸あまりの老婆だった。髪は真っ白で、緑がかった野良着を着こみ、竹で編んだ籠を背負っている。丸い顔はしわくちゃで、紅を塗ったように真っ赤だ。なにかに似ていると、弥助は思った。

赤い顔の小さな老婆は、ぎょろりと大きな目を弥助に向けてきた。

「新しい子預かり屋さんで？　うちの孫を一晩預かってもらいたいんですがね」

そう言って、老婆は籠をおろし、上にかぶせていた菰を取りはずした。籠の中から、くりっとした目の、緑の顔の子どもが弥助を見あげてきた。

「これが孫の梅吉でして」

その名に、ようやく弥助はぴんときた。きっと、この老婆と子どもは、梅の妖怪かなにかなのだ。老婆がなにに似ているのかもわかった。梅干しだ。

とたん、弥助の考えが伝わったかのように、老婆がにらんできた。

「わしは梅干しではなく、梅ばあですわ。じゃ、一晩お願いしますよ。梅吉。朝には迎えにくる。ええ子にしておれよ」

ぺこりと頭をさげると、梅ばあはけむりのように消えてしまった。梅吉と、梅吉の入った籠を残して。

しばらくかたまっていた弥助だが、いつまでもこうしているわけにはいかない。おっかなびっくり手をのばして、小さな籠を拾いあげ、家の中にもどった。

「せ、千にい、子妖怪、預かったよ。梅吉だって。たぶん、梅の妖怪だと思う」

そうっと、弥助は籠を床におろした。

梅吉は籠から出てきて、きょろきょろとまわりを見た。梅ばあよりもさらに小さく、一寸半くらいしかない。頭の上で小さくまげを結い、白い梅の花を大きく染め抜いた茶色の腹がけがかわいらしい。肌は、青梅のような緑色だ。

「へえ、ここが人間の家かぁ」

その目が千弥にとまる。

「あれ？　あんただれ？」

「弥助（やすけ）の親代わりだよ。千弥（せんや）というのがわたしの名前だ」

「へえ。妖界（ようかい）でもめったに見ないようないい男だね」

「こ、こら！　千にいにかまうなよ！」

弥助（やすけ）は梅吉（うめきち）をつまみあげようとした。だが、弥助（やすけ）の手をかわし、梅吉（うめきち）は興味津々（きょうみしんしん）の顔で千弥（せんや）に駆（か）けよった。ちょこまかしていて、かなり素早（すばや）い。

「うわあ。ほんと、見れば見るほど、いい男だなぁ。にいさんだったら、月夜公（つくよのぎみ）にも負けないかもね。目つぶってんのはなんで？　見えないの？」

「ああ。何年も前に目をなくしてしまってね。だが不自由（ふじゆう）はしていない」

「ふうん。おいら梅吉（うめきち）ってんだ。……人間ってあんまり見たことないけど、あんた、なんか変（か）わってる感じがするなあ。なんでだろ？」

「わたしのことはどうだっていいよ。それより、梅吉（うめきち）はどうしてここに預（あず）けられたんだね？」

「うん。今夜はおばあが仕事でいそがしいから。それで預（あず）かってもらえって」

「仕事？」

「梅酒（うめしゅ）の仕込（しこ）みの手伝（てつだ）いさ。山鬼（やまおに）たちに頼（たの）まれたんだ。おばあがちょっと手伝（てつだ）うだけで、ぐーんと味がよくなるからね。今日仕込むのは、特別な梅なんだ。秋梅っていって、いまぐらいの時期に実ってさ。そいつを漬けて、ひと冬越させると、上等の梅酒になるのさ」

だが、鬼たちは体が大きく、意外と目のわるいやつもいる。小さい梅吉がちょこまかしていたら、本物の梅とまちがわれ、甕の中に漬けこまれかねない。心配だからと、梅ばあ

は孫を預けに来たというわけだ。

「だけど、それなら梅ばあだってあぶないんじゃないか?」

「おばあは平気さ。顔が赤くて、しわくちゃだもん。どんなまぬけな鬼だって、まちがえやしないよ」

「なるほど。たしかにそうだな」

梅吉は、今度はじろじろと弥助を見つめてきた。

「うぶめのあねさんのとこには、何度か預けられたことあるけど。弥助はあねさんとはずいぶんちがうなあ。あねさんみたいにやさしそうじゃないし、いい匂いもしないし」

「わ、悪かったな!」

ぴしっと、弥助は指で梅吉のおでこをはじいた。とたん、梅吉はわんわん泣きだした。すさまじい泣き声だった。おんぼろ長屋の壁という壁、床という床がびりびりふるえ、上からはほこりが舞いおちてくる。

「これはすさまじい」とうなる千弥に、弥助はとりすがった。

「千にい! な、なんとかして! 泣きやめって言ってやってよ!」

「弥助が泣かせたんだから、弥助がなんとかするべきだろう」

「そんな！」

「わたしは泣く子は苦手でね」

長屋が崩れんばかりの泣き声に、千弥は耳を押さえて苦しそうな顔をしている。

（千にいは耳がいいから……この声が余計にこたえるんだ）

自分がなんとかしなくてはいけないのだと、ようやく弥助は気づいた。

そこで梅吉をつまみあげ、大きな声でどなりつけた。

「泣くな！　おまえ、男だろ！　泣きやまないと、次にやってくる子妖怪たちに言ってやるぞ！　梅吉は青梅のくせに、顔を真っ赤にして泣いたってな！」

とたん、梅吉は泣きやんだ。くやしそうに弥助をにらみつけてわめいた。

「お、おいら、青梅じゃあないわい！　赤くなんか、ならないわい！」

ともかく泣きやませることができた。ふうっと肩の力を抜く弥助に、千弥が手を叩いて
「お見事」と言った。そのけろりとした顔を見たとたん、弥助はだまされたことを知った。

「千にい……。面倒みるの手伝ってくれるって言ったくせに」

「このくらいのことでわたしの手を借りているようじゃ、だめだよ。わたしは弥助をあまやかしすぎていると、みんなから言われているしね。梅吉には、とりあえずなにか食べさ

せてやるといい。腹がふくれれば、少しおとなしくなるだろう」

「……わかった」

早くも疲れはてながら、弥助は残っていた茶飯をどんぐりほどの大きさに丸めて、梅吉に渡してやった。梅吉はさっそくもぐもぐと頬張りだした。

「うまい。うまいよ、弥助」

「ああ、そうかい。ったく。あんな大声で泣きやがって。いまに近所の連中がどなりこんでくるぞ。どうしてくれるんだよ！」

弥助が文句を言うと、梅吉が見あげてきた。

「だいじょうぶだよ。この家のまわりには妖怪奉行所の命令で、結界が張ってあるはずだもん。どんな騒ぎになっても、この家の中のことが外にもれることはないって」

「へっ？　け、結界？」

「うん。弥助、昨日は烏天狗たちに引ったてられたんだろ？　そのときだって、ちゃんと結界が張られてたはずだ。だから、だれにも気づかれなかっただろ？」

「そういえば……昨日はけっこうな騒ぎだったのに、だれもなにも言ってきてないな」

とにかくまわりに妖怪のことがばれないのはありがたく、弥助は胸をなでおろした。

そのとき、あることに気づき、ふたたび心臓が跳ねあがった。

さっきから、弥助はふつうに梅吉と言葉を交わしているのだ。ちゃんと声を出して。しかも、梅吉の顔を見ながら。これまでそれができる相手は、千弥だけだったのに。

自分で自分のことが信じられず、弥助はくらくらした。

そのあとのことはよくおぼえていない。もっととねだる梅吉におにぎりを作ってやり、満腹になって眠ってしまった梅吉を籠の中に入れてやって。

気づけば、明け方近くになっていた。

と、戸が叩かれた。梅ばあにちがいないと、弥助は急いで戸を開けた。

はたして、梅ばあが立っていた。その横には梅ばあの身の丈ほどもある甕がある。

「梅吉を迎えにきましたよ」

弥助はすぐに梅吉を連れてきた。まだ眠っていたので、籠に入れたまま、梅ばあの前に置いてやる。梅ばあはにこりと笑って、お礼だと、甕を指さした。

もしかして、梅ばあともちゃんとしゃべれるだろうか？

胸をどきどきさせながら、弥助は息を吸いこんだ。

「な、中身はなんだい？」

出た。ちゃんとふつうの声が出てきた。

自分におどろいている弥助に、すぐさま梅ばあは答えてきた。

「わしが漬けた梅干しですよ。お好きだといいんですけどねえ」

このとき、梅吉が目を覚ました。

「あ、おばあ。迎えにきてくれたんだ」

「ああ。おまえがいないおかげで、鬼たちもわしも安心して仕込みができたよ。さ、こちらの兄さんにちゃんとあいさつをしな。世話になったんだから」

「うん」

梅吉は籠の中から弥助を見あげてきた。

「おにぎりありがとう。うまかったよ。また食いにくるよ」

「来なくていいから！」

「そう言われると、ますます来たくなっちまうなあ」

梅吉のいたずらっぽい笑顔に、がまんできずに弥助は笑いかえしていた。

その後、梅ばあと梅吉はさっと消えてしまい、弥助は戸を閉めて中にもどった。

「初仕事が無事に終わったね」

ねぎらうように声をかけてくる千弥にうなずきかえし、弥助はそっとささやいた。

「千にい。あいつらに……おれ、ちゃんとしゃべれたよ。ちゃんと話せてたんだ」

「そのようだね。わたしもおどろいた。わたしにだけだと思っていたから」

「……もしかして妬いてんの？　おれと話ができるやつが他にも出てきちゃったから？」

「くだらないことを言っていないで、寝なさい。ほら、早く」

こわい顔をされ、あわててふとんに飛びこんだものの、すぐには眠れそうになかった。

なんだろう。なんだかわくわくする。次にやってくる妖怪とも、しゃべれるかもしれない。もしかしたら、うまくやっていけるかもしれない。そうだ。明日、もらった梅干しでなにか作ろう。じゃこといっしょにごはんにまぜこんで、おにぎりにでもしてみようか。

そんなことを考えているうちに、すうっと眠気がやってきた。

4　朱刻とその女房

こつこつと、硬い音がした。

ああ、戸口の向こうにだれか来ている。きっと妖怪だ。また子どもを預けにきたんだ。

眠たい目をこすりながら、弥助は身を起こした。ふとんから出たとたん、寒さが体に噛みついてきた。ここ数日すっかり冷えこみがきつくなってきているのだ。

さむさむとふるえながら、弥助は戸口に向かった。

「どちらさま？」

「子を預けにまいったものだ」

「……へいへい」

しぶしぶ戸を開けてみれば、そこには巨大な雄鶏がいた。大きいも大きい。この狭い路地によく入ってこられたものだと、感心してしまうほどだ。とさかは燃えるように赤く、金茶や赤茶の羽もきらきらとしている。尾羽は黒く、長く、緑の光沢が美しい。

光る目で、雄鶏は弥助を見おろしてきた。

「わしの名は朱刻。おぬしが子預かり屋の弥助か？」

「そ、そうだよ」

「ふむ。そうか。思ったよりも小さいな。ま、ぜいたくは言ってられん。わしの子を預けたいのだ。鞍の袋から出してやってくれぬか？」

朱刻の背には小さな鞍が置いてあった。馬にのせるものとそっくりで、小さなあぶみまでついている。鞍は黒檀でできていて、一面に花模様がほどこされていた。

その鞍からふくらんだ袋が一つ、さがっていた。弥助はおそるおそる手を入れて、中身に触れた。硬くてつるりとした感触。これはもしや……。

引っぱりだしてみると、やはりそれは卵だった。弥助の頭ほどもある大きな赤い卵だ。

卵焼きにしたら何人分できるかなと、思わず弥助は考えてしまった。

そんな弥助に、朱刻は言い訳めいたことを話しだした。

「卵を温めるのは、そもそも女房の役目なのだ。だが、その女房がへそを曲げて逃げてしまってな。わしは主さまをお運びする役目があるゆえ、卵を抱いているひまがない。子預かり屋。おぬしが抱いてやっててくれい」

「だ、抱くって、どうやって？　おれ、羽はねえんだよ？」

「なに。布でくるんで、腹に巻いてくれればよい。肌からはなさぬようにしていてくれよ。わしもな、ひまができ次第、女房を捜しだして卵を迎えにくるから」

ばささっと、羽をはばたかせ、朱刻は夜の闇へと消えていった。

妖怪にも夫婦げんかがあるんだと思いながら、弥助は腕の中の卵をなでた。ほのかに温かい。中に命が宿っているのが感じられる。

「……卵のほうが、動かないから楽かもな」

梅妖怪の梅吉を預かったあと、弥助はさらに二つ、子預かりをこなしていた。

一つは、どじょう妖怪の子たちで、その数、百匹あまり。盥に入れて置いておいたところ、ふらりとやってきた久蔵にあやうく食われるところだった。

お次は、酒鬼の子どもだった。こちらは甕の中に封印されていたのだが、弥助のうっかりで封印が解けてしまい、酒を飲ませろと、大暴れをしてくれた。

とにもかくにも、妖怪の子は手がかかると、弥助は身にしみて学んでいた。それにくらべれば、卵のほうがいくらか楽かもしれない。

弥助は中にもどり、明かりをつけにかかった。そうしながら、寝床のほうに呼びかけた。

「千にい。また妖怪が来たよ。今度は卵だってさ」

だが、返事はなかった。

変だなと思ったとき、明かりがついた。ぼんやりと薄明かりが広がる。奥を見ると、そこにはだれもいなかった。薄いふとんが残されているだけだ。

千にいがいない。こんな夜中にいったいどこに行ったのだろう？　便所だろうか？　ああ、きっとそうだ。朱刻が来る前に行ったんだ。そろそろもどってくるだろうさ。

そう思いながら、弥助は千弥のふとんに触れてみた。ひやりと冷たかった。千弥が便所に行ったのは、ずいぶん前のことのようだ。

不安になった弥助は、あわてて外に出て、便所に向かった。が、だれもいなかった。

今度こそ弥助は青くなった。

どうして？　どこに行った？　いや、落ちつけ。きっと井戸だ。喉が渇いて、井戸に水を汲みに行ったにちがいない。

弥助は妖怪の卵をかかえたまま、あちこちを歩きまわった。だが千弥は見つからなかった。

とうとう弥助は冷たい土間にへたりこんでしまった。息ができなかった。

千弥がいない。消えてしまった。いなくなってしまった。どうしてどうしてどうして？

もしかしたら気を失っていたのかもしれない。ふと気がつくと、千弥が心配そうにのぞきこんできていた。

「弥助？　どうしたんだい、こんなところで？　寝ぼけたのかい？」

「あ、ああ、ああっ！」

弥助は赤ん坊みたいに千弥にしがみついた。目から涙があふれた。

「ど、ど、どこ、行ってたんだよぉ！　こ、こんな夜遅くに……い、いなくなるなんて！」

「ごめんよ。少し外の空気を吸いにいっていただけだよ。川のほうまで歩いたんだ」

「そんな！　あぶないじゃないか！」

「いや、夜のほうが、わたしのような者には歩きやすいものさ。……これからしばらく夜に出歩くかもしれないが、気にしないで寝てていいからね」

さりげなく言う千弥に、弥助はまた不安になった。

千にいはおれになにか隠している。これからも夜に出歩くだって？　まさか……だれか女の人とでも会っているんじゃないだろうか？

あまりにこわくて、問いつめることができなかった。

弥助を落ちつかせようと思ったのか、千弥は弥助の手を取ろうとした。その指先が朱刻の卵に触れた。

「おや？　これはなんだい？」

「えっ？　ああ、卵だよ。妖怪が預けてきたんだ」

「ほう。ずいぶんと……大きな卵だ。卵焼きにしたら、とんでもないのが作れそうだね」

「あは！　おれも同じこと考えたよ」

ようやく弥助は気分が落ちついてきた。

そうだ。千にいを疑ったりするのはやめなくちゃ。夜の散歩だというんだから、きっとそうなんだ。それよりいまは、子預かり屋の仕事をちゃんとやらないと。

「えっと。たしか腹巻があったよね？」

「長持の一番下にあるはずだよ。見てごらん」

弥助は腹巻を引っぱりだすと、それで卵を包み、自分の腹に巻きつけた。

「うわ、みっともねえ」

ぼこんと腹が突きでて、かなりまぬけなすがただ。

一刻も早く朱刻が女房を見つけて、もどってきてくれますようにと、弥助は祈った。

だが、朱刻はなかなかもどってこなかった。その間、弥助は一歩も外に出なかった。このすがたを人に見られたくないというだけではない。外で転んだり、だれかにぶつかったりして、卵を割ってしまわないようにと、用心したためだ。

だが、さらにとんでもないことが起きた。

卵を預かってから七日後の朝、弥助はふいに目が覚めた。腹のあたりが妙にかゆい。かいたところ、ふわりとした感触が指にあたった。

寝ぼけまなこで腹を見おろしたとたん、弥助は眠気がふっ飛んだ。

「うわああっ！　なんじゃ、こりゃぁぁぁ！」

「や、弥助？　ど、どうしたんだい？」

「千にい！　腹が！　お、おれの腹に！　羽が、腹んところからはえてんだよぉ！」

弥助のへその下、ちょうど卵を抱いていたところに、茶色の小さな羽毛がびっしりとはえそろっていた。やわらかくてふんわりとした羽毛である。

さすがの千弥も困った顔をした。

「これはこれは……。どうしたものかね。引っぱったら抜けるかな？」

「だっ！　やっ！　やめて、千にい！　いてえよ！」

「抜くのは無理そうだねえ」

「ど、どうしたらいいのかな、おれ？　このまま鳥になっちまうのかな？」

「ばかなことを。そんなことさせやしないよ」

　ぴりっと、千弥がこわい顔をした。

「きっとその卵のせいだね。……弥助、その卵、およこし。叩き割ってやる」

「ええっ！　そ、そんな……。ま、まずいよ、そんなの」

「どこがまずいものか。子預かり屋に変なことを起こす子どもを預けるなんて、とんでもないよ。さ、およこし。卵を割れば、きっと弥助も元通りになるよ。だいじょうぶ。罰はわたしが一人で受けるから」

「う、うわあ、よ、よしてってば！」

弥助は必死で卵をかかえこんだ。


弥助の悲鳴が届いたのか。それとも千弥の殺気が届いたのか。ともかくその夜、朱刻がもどってきた。

「朱刻だ。開けてくれい」

朱刻の声に、弥助はよろこんで戸口に駆けよった。卵はまだ無事だった。とりあえず朝までは待ってくれと、なんとか千弥から約束をもぎとったのだ。

だが、千弥ときたら、金槌を用意して、朝が来るのをいまかいまかと待つ始末。卵をかかえている弥助は、びくびくしっぱなしだったのだ。

ともかく、これで救われた。朱刻がもどってきてくれたのだから、もうだいじょうぶだ。

ところが、ひさしぶりに会う大きな雄鶏は、ひどいすがたになっていた。羽はあちこちむしられて、りっぱだったとさかは傷つき、左目など腫れてしまっている。

　どうしたんだと目をむいたところで、弥助は別の視線を感じた。上からだ。

　顔をあげ、弥助は今度こそ絶句した。

　長屋の屋根の上に、朱刻の五倍はあろうかという雌鶏がいたのだ。全身黒い羽毛でおおわれており、まるまると太っている。目はするどく光り、大きな蹴爪がおっかない。

　と、雌鶏が動いた。ぐうっと首をのばして、弥助にくちばしを近づけてきたのだ。

「あたしの卵は？　どこにあるんだい？」

　こわい声でたずねられ、弥助は「こ、ここでございます！」と、卵を差しだした。

　雌鶏は大切そうに卵をくわえあげた。いったん屋根の上の、自分の両足の間に置き、しげしげと見つめる。やがて満足そうにうなずいた。

「無事のようだねえ。よかった。子預かり屋の、しかも人間なんかに預けたと聞いて、あわててここに来たんだけど。何事もないようで、よかったよかった」

　ほっとしたように声をもらす雌鶏に、朱刻が声をはりあげた。

「だから言っただろう、時津？　心配はいらんと」

「おまいさんはおだまり」

「ふ、ふん。そうそうだまっていられるものか。だいたい、子預かり屋を頼ったのだって、そもそもはおまえが卵を放りだしたりしたからで……」

「あたしゃおだまりと言ったんだよ」

不気味な声に、長屋がふるえる。朱刻がふるえ、弥助もふるえた。

雌鶏の黒い体が怒りでふくれあがり、いっそう大きくなっていく。

「だれのせいで巣をはなれたと思ってるのさ？　だいたいはおまいさんがちっとも巣籠りを代わってくれないからいけないんだろう？　少しは雌鶏の大変さをわからせてやろうと思ったのに。なにさ。子預かり屋なんか頼ったりして。情けないったらありゃしない」

「い、いや、それは……わしには主さまを運ぶお役目が……」

「なにがお役目さ。あたしゃ知ってるんだよ。主さまはしばらく翡翠の洞におこもり。ひまができたおまいさんは、それをいいことに、浪間山のあばずれ鳥のところに遊びに行ったそうじゃないか」

「ひえっ！」

「自分の浮気を主さまのせいにするなんて。さてもさても情けないよ。……このぉぉ、ろくでなしがぁぁぁぁ！」

時津は金切り声をあげて、朱刻に襲いかかった。亭主のとさかをくわえて屋根の上に引っぱりあげ、つつきまわす。朱刻は反撃しようとするのだが、いかんせん、体の大きさがちがいすぎる。どんどん悲鳴をあげる回数が多くなっていく。

と、ここで千弥が外に出てきた。屋根の上の鶏夫婦を、千弥はしかった。

「犬も食わぬ夫婦げんかはあとにしてくれないかい。それより、うちの弥助の腹にこんなものが出てきてしまったんだよ。どうしたら取れるか、知らないかい？」

そう言って、千弥は弥助の着物の前をはだけてみせた。

朱刻をぞんぶんに叩きのめした時津は、ぎろりと千弥たちのほうを見おろしてきた。だが、弥助の腹の羽毛を見るや、その目が急にやわらいだ。

「おやおや、そりゃ卵羽じゃないか」

「た、卵羽？」

「卵を抱くための羽だよ。卵と抱き手の気持ちが通じあうと、抱き手の体からはえてくるのさ。より卵の具合をよくしようとね。……おまえさん、うちの卵を心をこめて温めてくれたんだねえ。そうでなきゃ、その羽がはえるわけがない」

それはそれはやさしい目で見つめられ、弥助は顔を赤くした。

「べ、別に……落っことしたら一大事だと思って、ひやひやしながら抱いてただけだよ」

「いや、おまえさんは、うちのろくでなし亭主よりずっとりっぱだよ。そうだ。お礼をしなくちゃねえ」

そう言うなり、時津はへたばっている朱刻を押さえつけ、ぶちと胸のあたりの羽をむしりとった。こけえっと、朱刻が悲鳴をあげた。

「ほら、受けとっとくれよ」

ひらひらと落ちてきた二、三枚の、自分の腕ほどもある大きな羽根を、弥助はうまくつかみとった。赤々と、燃えているかのように内側から光っている。

「それをね、ふとんにでも縫いこむといいよ。そうすれば温かいから」

「あ、ありがと。使ってみるよ」

「それから腹の卵羽はね、柚子のしぼり汁をかければ、すぐに抜けおちるから。ありがとうよ、ぼうや。世話になったね」

そろそろ帰るとするかと、時津は亭主の頭をごつんとつついた。

「ほら、起きた起きた。卵を袋に入れたいんだから」

「わ、わかったから、乱暴はやめてくれい」

「おまいさんがその芝居がかった言葉づかいをやめてくれたら、あたしもつつくのを少し控えてやるよ。ほら、袋。もうじれったいね！　早くおしったら！」

卵を朱刻の鞍袋に入れると、鶏夫婦は去っていった。二羽のすがたはすぐに闇に消えてしまったが、時津が亭主をしかりつける声は、しばらく聞こえていた。

5 仲人屋と玉雪

「あはははっ！　そりゃ朱刻もかわいそうにね。子預かり屋を頼ったのが浮気のためだったってばれて、女房にぼこぼこにされたってわけだ。ああもう！　目にうかぶや！」

笑いころげているのは、身の丈一寸半ほどの緑色の小僧、梅吉である。さきほど一人で弥助のところに遊びに来たのだ。弥助が朱刻と時津の一件を話したところ、この大笑いだ。

「あの鶏夫婦は有名だよ。年がら年じゅう朱刻が浮気するもんだから、けんかが絶えないんだよ」

「へえ、なるほどねえ。おれだったら、あんな女房もらったら、浮気なんて、こわくてできないけどな。……あの女房が相手じゃ、朱刻はまちがっても勝てそうにないよな」

「うん。時津の連戦連勝だって」

「やっぱりか！」

二人はにやにやっと笑いあった。

「それで、もらった朱刻の羽根はどうしたんだい？」

「うん。さっそくふとんに縫いこんでみたよ。そしたらさ、もうぽかぽか温かくってさ！残りの一枚は半纏に入れるつもりなんだ。これで真冬が来たって、へいちゃらさ！」

こういう礼をしてもらえるなんて、思ってもみなかったと言おうとして、弥助ははたとだまりこんだ。

ずっと不思議に思っていることがあった。

やってくる妖怪たちが、弥助を責めないことだ。だれも、「おまえがうぶめ石を割ったりしなければ」などと言わない。「よろしく頼む」と、子どもを預けていくのだ。

「ん？　どうかしたかい？」

「なあ、梅吉。親妖怪たちはさ……なんでおれに文句を言いにこないんだろう？　うぶめのことで、おれのことを怒っているんじゃないのかい？」

「そりゃ弥助が石を割ったときは、みんなかんかんだったよ。でも、弥助はこうして子どもを預かってくれてるじゃないか。だから、これ以上は怒れないよ」

ああ、そういうものなのか。

弥助は目からうろこが落ちる思いがした。

良くも悪くも、妖怪たちはからりとしているのだ。そのさっぱりとしたところに、自分は救われていると、弥助は思う。いつまでもののしられたりしたら、さすがにつらかったと思うし、子妖怪の面倒をみるのもいやになっていただろう。

妖怪たちの性格に感心したところで、別のことが頭にうかんできた。

「聞いていいか？　その……月夜公が言っていたんだ。うぶめは、親妖怪にとっちゃ生き神みたいなもんだって。でも、どうしてなんだ？　どうして、妖怪はうぶめに子どもを預けるんだい？　預けるなら、別にうぶめじゃなくたって、いいんじゃないのかい？」

「いいわけないよ。なに言ってんだよ、弥助」

梅吉はあきれた声をあげた。

「妖怪だって、いろいろなやつがいるんだ。なわばり争いはしょっちゅうだし、派手な戦をやらかすことだってある。みんながうぶめのあねさんを頼るのは、あねさんがどんな妖怪の子も大切に守ってくれるからだよ。あねさんが守っている子どもには、あやかし食らいだって、手を出さないんだからね」

「あやかし食らい？　なんだい、それ？」

「……あやかしを食らうあやかしのことだよ」

弥助は心底ぞっとした。あやかしを食らうあやかし。そんな異様なものが存在するとは思いもしなかった。

「と、とんでもねえな。烏天狗や月夜公は、そういうあぶないやつをとっつかまえたりしないのかい？」

「無理だよ。あやかしを食らうのが、あやかし食らいの性質なんだもの。あいつらにとっちゃ、それが当たり前のことなんだ。持って生まれた性質を罰することは、奉行所にはできないんだよ」

「それじゃ、奉行所はなんのためにあるんだよ？　大事なときに守ってくれないんじゃ、意味ないだろ？」

思わず声を荒らげる弥助に、梅吉はまじめに言いかえした。

「そんなことないぞ。……前に、とんでもないあやかし食らいがいたんだ。くら、うーん、くらなんとかいうやつだったと思う。そいつ、すごく残酷でさ、腹もすいてないのに、手あたりしだいあやかしや人間を食うやつだったんだ。命を奪うのが楽しくてしょうがないって。そういうのはさすがに見逃せないってんで、月夜公がひっつかまえたっていうよ」

「へえ。あの御奉行、いちおう頼りにはなるんだな」

「そりゃ月夜公って言ったら、一、二を争う大妖怪だもん。おいらなんか、おばあに言われるんだ。いい子にしないと、月夜公のとこに連れてくよって。おっかないよ……」

ぶるぶるとふるえてみせたあと、おやっと梅吉はまわりを見まわした。

「そういえば、あのきれいな兄さんは？　いないのかい？」

「うん。ちょっと出てくるって」

このところ、千弥は日に一度は一人で出かけていく。弥助が寝ている間に、こっそりと出かけることもあるようだ。千弥がなにも言わないので、弥助もだまっているのだが、朝たしかめてみると、千弥の羽織から草の匂いがしたり、草履が夜露で濡れていたりする。

千弥はなにか秘密をかかえこんでいる。でも、それを知ったら、なにかがこわれてしまう気がする。「どこに行っているのか？」とか「なにをしているのか？」と聞きたい気持ちを、ぐっと抑えつけている弥助なのだ。

だから、「ふうん。もしかしたらいい人ができて、こっそり会いに行ってるのかもね」と、梅吉にしたり顔で言われ、思わずかっとなった。

「そんなこと、あ、あ、あるわけないだろ！」

「どうしてさ？　あれだけの男前なんだもの。いい人がいないほうがおかし……」

「だまれ！　くだらないこと言ってると、家から叩きだすぞ！　おまえなんか、今日は客じゃないんだから！　追いだしたって、平気なんだからな！」

「な、なんでそんなに怒るんだよぉ、弥助。やめておくれよ、そんなこわい顔ぉ！」

半泣きの顔で言われ、弥助ははっと我にかえった。恥ずかしさに頬が熱くなる。だがあやまることもできず、小さく言った。

「今日はもう帰ってくれよ」

「……うん。帰るよ」

傷ついた顔をしながら、梅吉はとぼとぼと戸口に向かった。

戸口を開けてやりながら、弥助はわびの気持ちをこめて声をかけた。

「梅吉。その……次はおまえが好きなおにぎりをこしらえてやるからさ。おれが炊いた昆布をさ、みじん切りにして混ぜたやつ。すごくうまいんだから」

だが、梅吉はふりかえらなかった。

小さなすがたが消えるのを見て、後悔が弥助の心にこみあげてきた。

あんな子どもにあたってしまうなんて。だいたい、もし千弥にいい人がいるのだとして、それがどうだって……。いや、どうでもよくはない。でも、それが本当なら、慣れなくちゃいけない。千弥のそばに、自分以外のだれかがいることに、慣れなくちゃいけない。もっと大人にならなくてはと思ったとき、閉めたばかりの戸が軽く叩かれた。

「梅吉？　もどってきてくれたのか？」

戸を開けたところ、そこにいたのはまったく見知らぬ男と女だった。

男は、行商人のような身なりで、ふろしき包みを肩に背負っている。頭巾をかぶり、人なつこい丸顔をしていて、笑っているみたいに目が細い。

もう一方の女は小柄で、ころりと、毬のように丸っこい。柿色の地に赤い南天模様を散らした着物を着ている。顔も丸く、肌の色が白いので、まるで大福餅だ。

顔立ちは、つぶらな瞳にぽってりとした口元と、とにかくやさしそうな感じがする。歳は三十代後半というところか。頭のうしろに、黒い兎の面をつけている。

「どちらさま？」

弥助が声をかけると、にこりと男が笑ってきた。

「どうも夜分に申し訳ござんせんね。あたしは仲人屋の十郎という商人でして。こちら、子預かり屋さんでござんしょ？　ちょいと事情があって、うちの子をお預けしたいんで」

十郎という男はあいそよく口を開いた。女のほうはおずおずとして、男のうしろに隠れるようにしてだまっている。奇妙な二人連れだが、そろってやってきたところを見ると、夫婦なのかもしれない。

「まあ、こんなところで立ち話もなんです。中に入れていただけませんかね？　うまいまんじゅうを持ってきたんですよ。そいつを食べながら、事情をお話ししたいと思うんですが、いかがです？　ん？」

そう言われ、弥助は二人を家にあげてやることにした。事情とやらが気になったし、まんじゅうという一言にぐっと心が傾いたのだ。

十郎は不思議な男だった。おしゃべり上手であいそがよくて、それでいて図々しさというものがない。その言葉はするりと相手の心の中に入ってきてしまう。まんじゅうを頬張るころには、弥助は何年も前から十郎と知り合いだったような気がしていた。

一方、女のほうは「玉雪」と名乗ったきり、口を開こうとしなかった。ただ、そのまなざしは片時も弥助からはなれない。熱心なまなざしを向けられ、弥助はとまどった。

なんでこの女妖怪は、こんな目で自分を見るのだろう？　それに、どこかで会ったような気もするのだが。

とにかく、まずは十郎の話を聞くことにした。

「あ、どうも。うん。こりゃ、けっこうなお茶だ。ありがとうさん。ふう。冬場は熱いお茶が一番ですねえ。あ、事情ね。いま話しますよ。さっきも言ったとおり、あたしは仲人屋でしてね。店はかまえちゃいないが、なわばりはそこそこ広いほうで。ああ、仲人と言っても、色恋を扱っているわけじゃありませんよ。扱っているのは付喪神です」

「つくも、がみ？」

目を丸くする弥助に、十郎はにこやかにうなずいた。

「大事に扱われてきた道具は、百年の時がたつと、魂を持つようになる。それが付喪神ってやつです。あたしはね、蔵や物置の中にしまわれっぱなしになってる付喪神たちを引きとっては、相性の合う人間を探して、売るのが仕事でして。だから、仲人屋なんでして」

「へええ」

「おかげさまで、商売は繁盛しておりますよ。売り手買い手、付喪神、三方からよろこばれるよう、こちらも気をくばってますからね」

そして今度、ちょっと大がかりな仕入れに行くのだという。

「瀬戸の海のほうでね、乗り手のいない船が浪間を走りまわり、漁をしている人間や船にぶつかってくるっていうんです。どうやら船の付喪神らしくてね。主をなくして長いのか、気が荒んで、暴れ者になっているらしい。それを手に入れようと思いましてねえ」

だが、それにはこちらも海に出なければならない。となると、水に弱い付喪神を連れていくわけにはいかない。それで子預かり屋のところにやってきたのだという。

「幸い、預けたい子は一人だけなんですよ。お願いできますかね？」

「うん、いいよ。どうせおれ、ことわれないし」

「やれ、ありがたい。じゃ、お預けいたしましょう。切子や。出ておいで」

十郎がふろしき包みを開くと、その手のひらに、ぴょんとなにかが飛びのった。

それはおかっぱ頭の小さな女の子だった。気の強そうなかわいい顔をしていて、手はなんとはさみにそっくりだ。肌は少し黒ずんだ銀色で、浅葱色の着物がよく似合っている。

「これが切子。はさみの付喪神ですよ。塩水なんかにさらしたら、このかわいい顔がたちまち赤茶まだらになってしまう。そんなの、しのびないですからねえ」

かわいくてたまらないとばかりに、十郎はちょんと指先で切子の頭をなでてやる。

「さて、切子や。いい子にしてるんだよ。わかっているだろうけど、勝手に人様の髪に手

を出しちゃいけないよ。早ければ明日、遅くても三日後にはもどるからさ」

「あたいのことは心配しなくていいってば。それより、しっかりお仕事してきてね」

おしゃまに言葉を返す切子に、いい子だと、十郎は目を細めた。

「それじゃあ、あたしはそろそろ行かないと。よろしく頼みます」

そう言って十郎は立ちあがり、戸口のほうへと向かいだした。ところが、玉雪のほうは腰をおろしたままだ。

「ちょ、ちょっとちょっと！　おか

みさんを忘れてるよ、十郎さん！」

「ああ、その人？　この家の前でいっしょになっただけで、あたしの連れじゃありませんよ」

　とんでもないことをさらりと言って、十郎は闇の中に消えていった。

　さあ、仰天したのは弥助だ。十郎の連れではないというなら、この玉雪というのはいったい何者なのだ。

　弥助は切子を両手でつかんで、部屋のすみへと飛びすさった。

「あんた、だ、だれ？　なんの用？」

「あのぅ……あたくしはそのぉ……。お手伝いにまいった者でして」

　もじもじしながら玉雪は言った。

「弥助さんのこと、あちこちで聞きまして。人の身で子預かり屋になるなんて、さぞ大変だろうと思いまして。それで、あのぅ、少しでも力になれたらいいなと……」

「いや、たしかに大変だけど……。別に手伝いはいらないよ」

「いえ、あの！　かならずお役に立ちますから。……図々しくここに居つこうなんて思っておりません。夜だけここにまいりたいんです。あのぅ、だめでしょうか？」

いまにも泣きだ(な)さんばかりのか細い声だ。

と、切子(きりこ)が、弥助(やすけ)の手の中からささやいてきた。

「ねえ。いいんじゃない？　悪そうな妖怪(ようかい)には見えないし。せっかく、お手伝(てつだ)いしてくれるって言うんだからさ。手伝(てつだ)ってもらえばいいじゃない」

切子(きりこ)の言葉もあり、とうとう弥助(やすけ)は折(お)れた。

「あのさ。そういうこと、おれ一人じゃ決められないんだ。千にいがもどってきて、いいって言ったら、その、お手伝(てつだ)いを頼(たの)むよ」

「あ、ありがとうございます！」

玉雪(たまゆき)がうれしげに声をあげたとき、千弥(せんや)がもどってきた。どこ行ってたんだと聞きたいのをがまんして、弥助(やすけ)は切子(きりこ)を預(あず)かったことと、玉雪(たまゆき)が手伝(てつだ)いを申しでていることを話した。

「手伝(てつだ)い？　ああ、いいんじゃないかい」

「い、いいの、千にい？」

「弥助(やすけ)に迷惑(めいわく)をかけないのなら、わたしはそれでいいよ」

徹底(てってい)している千弥(せんや)であった。

弥助は玉雪をふりかえった。

「じゃ……その、よろしく」

「こちらこそです。ありがとうございます」

このとき、弥助は自分の手の中で、切子がなにかつぶやいていることに気づいた。

「なんだよ？　なに言ってるんだ？」

「だから、そこのきれいなおにいさんのことだってば」

怒ったように、切子は千弥を指さした。

「すごく好みなのに！　髪がないなんて。もったいない！　ひどいひどい！」

「髪がないのがまずいのか？」

「当たり前でしょ！　あたいのごはんにならないじゃないの！」

目を丸くする弥助に、玉雪がそっとささやいてきた。

「あのぅ、この子はたぶん髪切りばさみの付喪神なんですよ。だから、髪を食べるんだと思います」

なるほど。それで坊主頭の千弥にがっかりしたというわけか。

切子はめそめそと泣きだした。

「あたい、おなかがすいたよぉ！」

「えっと、えっと……。おれの髪、ちょっとならやってもいいよ？」

「やだ。だって弥助の髪、鬢付け油塗ってないじゃない。あたい、かっこいい男の人の、ちゃんと手入れのされた髪が食べたい！」

「あのなぁ！　そんなおしゃれなやつなんて、この貧乏長屋にいるわけないだろ！」

「うへえええん！」

とうとう切子は大泣きしはじめた。

弥助がおろおろしていると、ふたたび玉雪がおっとりと口を開いてきた。

「あのぅ、どなたかお知り合いで、男前で、髪の手入れもしている人って、いませんか？　その人をここに招いて、お酒でも飲ませて酔っぱらわせて。その隙に、切子ちゃんに髪を食べさせたらどうでしょう？」

「あ、案外腹黒なこと言うんだね、玉雪さんは」

ちょっとひるむ弥助に、千弥がうなずいてきた。

「弥助、それはいい手だよ。ちょうどいいのがいるじゃないか」

「えっ？　ああ、あれね。……でも、いまどこにいるか、わかんないよ」

弥助が顔をしかめたときだ。玉雪が申しでてきた。

「あのぅ、人捜しならあたくし、得意ですので。捜してきましょうか？」

「できるのかい？」

「はい。あのぅ、その人の残していったものとかありましたら、貸してくださいな」

千弥が忘れ物の手ぬぐいを渡すと、玉雪はそれを持って外に出ていき、しばらくして久蔵を背負ってもどってきた。小さな体のくせに、いとも軽々と久蔵を運び、すとんと家の中におろしてしまう。

さすが妖怪だと、弥助は感心した。

一方、どこからさらわれてきたのか、久蔵はすでにかなり酔っぱらっていた。赤い顔をしながら、きょとんと弥助たちを見つめてきた。

「あれえっ？　千さんにたぬ助？　おかしいねえ。博打で勝った祝いに、みんなで飲んでたんだけどなぁ。いつここに来たのかねえ？」

弥助はこっそり切子にたずねた。

「どうだい、切子？　あいつの髪なんかどうだい？」

「うん。おいしそう！　顔も好みだし。あの人の髪、食べたい」

「よし！　いいよ、千にい。じゃんじゃん飲ませちゃって！」

「承知したよ。久蔵さん。ちょうどよかった。酒の相手がほしかったんですよ。付き合ってください」

「おや、めずらしい。でも、うふふふ、よろこんでつきあいまぁす！」

「飲みくらべなんか、たまにはどうです？」

「それもよろこんでぇぇ！」

「玉雪さん。酒を出してください。弥助はつまみを作っておくれ」

「へへへ。いたれりつくせりだねえ。なんだかあとがこわいけどぉ、ま、いっかぁ！」

そうして悪だくみの一味は、まんまと久蔵を酔いつぶしたのだ。

床に転がり、ごおごおといびきをかきだした久蔵に、弥助はうなずいた。

「よし。切子。食べていいぞ」

「うん！　いただきまあす！」

切子は眠りこけている久蔵に駆けより、はさみのような手で久蔵の髪をはさみこんだ。

じょきじょきん。

切りとった髪を、切子はうれしげに口に運んだ。まるでそばでもすするように、するするっと飲みこんでしまう。

あれよあれよという間に、久蔵の頭は刈りこまれていく。

弥助はおかしいやら、さすがに気の毒やらで、複雑な顔をしていた。

「久蔵のやつ、気づいたらびっくりするだろうね」

「そうだね。そのときのためのうそも考えておかなくてはね」

弥助と千弥はひそひそと話をまとめていった。


翌朝、久蔵はひどい気分で目を覚ました。これはおなじみの二日酔いだ。だが、いつもとはなにかがちがう。頭だ。妙に頭がすうすうする。

どういうわけだと、頭に手をあてたとたん、久蔵はざっと青ざめた。

「なんだい、こりゃ！　ど、どどどど、どうなってんだい！」

青い顔をしてわめく久蔵の前に、千弥と弥助が現れた。

「おや、気がつきましたか、久蔵さん。おはようございます」

「せせせせ、千さん！　お、お、おれの頭……髪がないんだよぉ！」

「はい。昨日言われたとおりに、わたしが刈ってあげましたから」

「はああっ？」

「おぼえていないんですか？　なんでおれより千さんのほうがもてるんだろうねえ。おれのほうが女にやさしいのに。これはきっと、髪のせいだね。よし。すっぱりと刈っておくれ。千さんと同じになりたいんだよ。そう言って、ごねにごねたんですよ。あまりにせがむので、こちらもしかたなくやってあげたんですよ」

「……お、おれそんなこと言った？　いや、たしかに酔っぱらったおれの言いそうなことだけど……。それを本気にするなんて、千さん、あんまりだよぉ」

　うううと、久蔵は頭をかかえてへたりこんでしまった。

「だめだ。記憶が飛んじまってるよ。……ここに来たのはなんとなくおぼえているんだけど……あれ？　そういえば、小柄な女の人がいなかったかい？　柿色の着物の……かわいい感じの年増さんで。なんかお面をつけていたような」

　玉雪のことだ。あれだけ酔っていて、それでも女のことだけはおぼえているとは。見あげたたらし根性だと、弥助は感心した。

　その玉雪はいまはいない。夜明けごろにすがたを消したのだ。今夜また来ると約束して。

　一方、千弥は顔色一つ変えずに久蔵に答えた。

「なんのことです？　うちにそんな人がいるはずないでしょうが」

「そ、そうかい？　夢だったのかねえ。酌をしてもらった気がするんだけど。……ううっ。頭がすうすうする。まいったなあ。これじゃほんとに坊主だよ」

「このまま心をいれかえて、ちょっとはまともになったらどうです？　そうだ。そのすがたで親御さんのところに帰ってごらんなさい。きっとびっくりされますから」

「……そうだね。こんなすがた、とても女の子たちには見せられないよ。髪がはえそろうまで、家でおとなしくしてようかな。ああ、なんか……身も心も力が抜けていくような……」

手ぬぐいで頭を隠し、久蔵はしおしおと帰っていった。


それから二日後の夜、仲人屋の十郎がもどってきた。例によって千弥は出かけており、家にいたのは弥助と切子、そして玉雪だけだった。

潮の匂いをまとわりつかせながら、十郎はみやげ話を聞かせてくれた。

「いやもう、まいったまいった。その船、逆波っていうんですけどね、もう気が荒くて荒くて。さすがのあたしも一苦労でしたよ。何度か冷たい海に叩きおとされましてねえ。骨まで凍えそうになりましたよ。切子を連れていかなくて、ほんとによかった」

「でも、うまく手なずけられたんだろ？」

「もちろんですよ。かならずおまえを大事にしてくれる主人を見つけてやるから、しばらくおとなしく眠っててくれって、頼みに頼みましてね。ようやく眠りについてくれましたよ。これであの海は安全です。あとは逆波にぴったりの人間を探すだけ。やはり船頭か漁師がいいでしょうね。いつも船といっしょにいられるから」

　これからいそがしくなると、楽しそうに十郎は目を細めた。その表情といい、雰囲気といい、ひどく人間くさかった。

　他の妖怪たちとはどこかがちがう気がして、思わず弥助は口に出していた。

「十郎さんは人間みたいに笑うんだね」

「おや、勘のいいことで。まあ、そうでしょうよ。あたしはもとは人間ですから」

弥助はおどろきのあまり、かたまってしまった。そんな弥助を見て、十郎が笑った。

「あたしはもとは人間ですよ。ちょいとね……人間の世界がいやになってしまって。それで逃げたんです」

「に、逃げたって……どう逃げたら、人が妖怪になれるんだい？」

「なに。死にかけていたところを、骨森の古老に見つけられ、妖怪として生きなおしてみないかと誘われたんですよ。で、あたしは妖花の蜜を飲んで、人ではなくなった。そのことを後悔しちゃいない。人間をやめてから、おもしろい出会いばかりだ。仕事もやりがいがあるし。いまほど生きているって感じることはないですよ」

「ど、どうして人間をやめようなんて思ったんだい？」

すうっと十郎の笑みが深くなった。それでいて目の奥が暗くなる。

ぞくりとする弥助の前で、十郎は目を伏せた。

「やめておきましょう。話す気にはならないし、聞いておもしろい話でもありませんしねえ。ただね……。つらいときは逃げたっていいんだと、あたしは思ってます」

「逃げて、いい？」

「ええ。逃げずに踏みとどまれって、よく人は言いますけどね。なんでそんなことが言えるんだろうって、あたしは不思議に思うんですよ。だって、人はそれぞれだ。魂がそれぞれちがうんですからね。同じ出来事が起こっても、受けとめられる人間もいれば、耐えきれずこわれてしまう人間もいる。こわれるくらいなら、逃げてしまったほうがいい。逃げて逃げて、またどこかで立てなおせばいい。そう思ってますよ」

さてと、十郎は立ちあがった。

「そろそろ失礼させてもらいますよ。切子や。行こう。ほんとお世話になりました」

切子を背中の荷物に入れて、戸口前に立ったときだった。十郎がふとまじめな顔をして、弥助をふりかえってきた。

「ねえ、弥助さん。あたしがさっき言った、逃げたっていいんだって言葉、おぼえておいてもらえませんかね？」

「えっ？」

「弥助さんは妖怪たちと関わりを持ってしまった。でも、意外と心地いいでしょう？　妖怪たちはこちらを妙な目で見たり、こそこそ悪口を言うような、いやらしいところもないし」

「………」

「だからね。もし人間界に居づらくなったら、こっちにおいでなさい。もちろん無理にとは言いませんよ。ただ逃げ道があるってことを、心のかたすみにとどめておいてほしいんです。そうすればつらくなったとき、心がこわれてしまう前に、自分自身を助けることができるかもしれないから」

そう言って、十郎は去っていった。

こたつにもどる弥助に、玉雪が新しいお茶をいれてくれた。まめまめしくこちらの世話を焼いてくれる女妖怪に、弥助はためらいがちに問いかけた。

「玉雪さん。おれは……妖怪の仲間入りしたほうがいいと思うかい？」

「さあ、それは……。あのぅ、たしかに生きるのはたやすくなると思います。でも、弥助さんにとっての一番の幸せかどうか、わからないかと……。それに、あたくしにとっては、弥助さんは弥助さんですから。人であろうと妖怪であろうと、変わりありませんよ」

温かい言葉に救われたような気がして、弥助は笑顔となった。

「千にい、遅いね。早くもどってこないかな」

「そうですねえ。だいぶ冷えこんできましたしねえ。あら、弥助さん。肩のところがほつれていますよ。ちょっと脱いで貸してください。繕いますから」

「ありがと」

玉雪はうれしげに弥助の着物を繕いだした。妖怪なのに、器用に針と糸を扱っていく。

そのうち歌いだした。弥助の知らない、やさしい静かな歌だ。

いつしか弥助は眠りこんでいた。夢うつつで、千弥がもどってきた音を聞いた。自分がふとんに移され、やさしく頭をなでられるのも感じた。その間も玉雪の歌はやむことがなかった。

ああ、幸せだと、眠りながら弥助は思った。

6 泣き虫津弓

その夜も、戸が叩かれた。

ため息をつきながら戸を開けた弥助は、次の瞬間のけぞった。

「んげっ！」

そこにいたのは、山伏装束に身を包んだ背の高い烏天狗、妖怪奉行所の飛黒だったのだ。

なんでまた？　またひったてに来たのだろうか？

あわてふためく弥助に、飛黒が声をかけてきた。

「こらこら。そうあわてるでない。今宵は仕事を頼みに来たのだ」

「し、仕事？」

「そうだ。さ、津弓さま、前へ」

と、飛黒の背後から六歳くらいの男の子が、おずおずと前に進みでてきた。どこもかしこも丸っこく、ぷくぷくの頬がかわいらしい。山吹色の衣を着ており、長い髪は二つに分け、先のほうを輪に結ってある。頭の両脇から小さな角が一本ずつ、突きでている。細くて白いしっぽも、ちらりと見えた。

弥助は首をかしげた。

「似てないけど、あんたの子？」

「ち、ちがうわ、ばか者！　この方はな……」

飛黒がどなりかけたとたん、きゃっと子どもは悲鳴をあげ、しゃがんでしまった。飛黒はあわてて子どもをなだめにかかった。

「申し訳ございませぬ、津弓さま。別に怒ったわけではないのでございます。ほらほら、そうこわがらずに。だいじょうぶでござる。だいじょうぶでござる」

ようやく子どもが顔をあげ、か細い声で訴えた。

「飛黒。い、いや。ここ、いたくない。帰りたい」

「がまんしてくだされ、津弓さま。なにしろ、本日は叔父君のお屋敷にはだれもおらぬのです。よって、津弓さまには子預かり屋のもとにいていただきまする」

「でも、でもぉ……」

「叔父君もそれをお望みでございまする」

ぐうっと、子どもがだまりこんだ。これ以上は逆らえないとわかったらしい。

飛黒は弥助に向きなおった。

「すまんな、弥助。というわけで、一晩、こちらの津弓さまを預かってほしいのだ」

「……こんだけいやがってんだから、別のところに預けたら？」

「こらこら、おまえまでそういうことを言うでない」

ほとほと困ったように言う飛黒に、弥助はため息をついた。

「わかったよ。津弓だっけ？　入りなよ」

「……いや」

「……おまえ、いい加減にしろよ。だんだん腹立ってくるなぁ」

「お、怒るやつ、き、きらい！」

「なにぃ！」

「これこれ、津弓さま！　いい加減になされよ！　弥助もだ！　そら、まずは家の中に入るのだ。そのうえで、好きなだけけんかでもなんでもすればよい！」

弥助と子どもをひっつかまえて、家の中に放りこむなり、飛黒はものすごい速さで飛びさっていってしまった。

子どもはしくしくと泣きだした。さながら、捨てられた子犬のようだ。

弥助はげっそりした。こんな辛気臭い子どもと、一晩もいっしょとは。

しかし、こうなってはしかたない。できるだけ知らんふりをしておこうと、弥助は決めた。こういう子どもは、落ちつくまで放っておくのが一番だ。

弥助は、子どもを無視して奥にあがり、やりかけの仕事をやりだした。

秋のうちに埋めておいた銀杏を、今朝、掘りだしておいたのだ。半日、日と風にあてたので、こびりついた土もちょうどよく乾いている。それを、たわしでちょちょいとこすって、ざるに移す。こうしておけば、いつでも炒って食べられるというわけだ。

銀杏は、弥助も千弥も大好物だ。からりと炒って、殻を割れば、あざやかな緑の中身が出てくる。それに塩をふって食べると、もちもちとした食感と栗のようなあまみ、そしてほろ苦さが口に広がる。

おこわも作るつもりだ。どっさりの銀杏を、酒とほんの少しの砂糖、だし昆布といっしょに炊きあげる銀杏おこわは、栗おこわに負けない逸品だ。

今夜は千弥は泊まりこみで仕事に行っている。明日帰ってきて、銀杏おこわができていたら、さぞよろこぶにちがいない。

千弥の顔を思いうかべながら、手を動かしていたときだ。

「……なに、してる、の？」

いつのまにか、あの子どもがすぐ目の前に来ていた。まだおびえたような顔をしてはいたが、泣きやんでおり、その目は好奇心に光っている。

「ああ、銀杏についた土を落としてるんだ」

「その種みたいなもの、銀杏というの？」

「知らないのかい？　いちょうの実だよ。秋になると、いっぱい橙色の実がつくだろ？」

「あれなら、津弓も知ってる。……臭いやつでしょ？」

「そう。その臭いのを集めておいて、土に埋めとくんだ。そうすると、臭いとこが腐って、土に溶ける。で、残った種を掘りだす。そいつがこの銀杏ってわけ。うまいんだけど、食ったことないか？」

「ない。……そんなに、おいしい？」

「うまいうまい！　待ってな。土落としが終わったら、少し炒って、食わせてやるから」

またせっせと土落としをはじめる弥助を、子どもはじっと見ていた。やがて、うなずいた。

「津弓も手伝う。やらせて」

そこで、弥助は子どもに布を渡してやり、土を落とした銀杏を軽く拭くように頼んだ。

言われたとおり、子どもは拭きはじめた。やり方はたどたどしいが、一生懸命なところがかわいらしい。ほっこりした気分になってきて、弥助は話しかけた。

「おれは弥助っていうんだ。おまえ、津弓っていうのか？」

「うん。叔父上につけていただいた名前なの。叔父上はすごいの。みんなからいっぱいいっぱい尊敬されてるの！　叔父上はなんでもできて、それから、えっと……とにかく、津弓はこの世で一番、叔父上が好き。強くて、それにとってもきれいなんだもの」

うれしそうにほほえむ津弓。だが、明るかった表情はすぐ沈んだ。

「ん？　どうした？」

「……な、なんでもないの！　ねえ、あとどのくらいふかなくちゃいけないの？」

「そりゃ、そこの山がなくなるまでだよ」

「こ、こんなにあったら、夜明けが来ちゃう！……うん。津弓にまかせて」

そう言うなり、津弓は素早く手を動かし、なにやら唱えた。

次の瞬間、部屋の天井に黒雲がわきあがった。弥助はいやな予感がした。

「お、おい……やめ……」

「雨竜！　おりてきて！」

津弓の呼び声に応えるように、黒雲が鈍く光った。と、いきなりざあざあと雨が降りだしたのだ。たちまち、あらゆるものが水びたしになった。

「どはああああっ！」

「弥助、うれしい？　これで一気にきれいになるでしょ？」

「ば、ばっかやろ！　とっととやめろ！　他のものまで濡れちまう！　畳が腐る！　風邪もひくぞ！　早くとめろって！」

「わ、わかった。とめる。すぐとめるから」

津弓はまた呪文を唱えた。とたん、雨はさらにはげしくなった。それこそ滝のようだ。

「なにやってんだ！」

「ご、ごめんなさい！　呪文、まちがえた！」

「早く正しいのをやれって！　屋根の下で溺れ死ぬなんて、まっぴらだ！」

ぴかっ！

雷まで落ちはじめたので、弥助は津弓をひっかかえ、長持の中に飛びこんだ。ぴしゃんとふたを閉めてしまえば、なんとか雨も雷もしのぐことができそうだ。

津弓はぶるぶるとふるえていた。

「ごめん……ほ、本当にごめんなさい。う、う、うまくできると、お、思ったの」

「わかってるよ。おまえなりに役に立とうとしてくれたんだもんな。だから、もう怒ってないから。雨雲を消す呪文を思いだしてくれりゃ、それでいいから」

「う、うん。思いだす。ちゃんと思いだす」

このときだ。「あらまあ」とおどろいた声がしたかと思うと、雨音がさっと消えた。

もしやと、弥助は長持のふたを開けた。

雨はやんでいた。天井をおおっていた黒雲も消えている。かわりに、戸口のところには、玉雪が立ち、水びたしになった部屋を唖然として見つめていた。

「玉雪さん！」

「弥助さん、これ、いったい……」

「ありがと！　玉雪さんが雨をとめてくれたんだろ？　いやあ、ほんと助かった！」

大よろこびで、弥助は玉雪に駆けよろうとした。と、うわあんと、泣き声があがった。

津弓がはげしく泣きだしたのだ。

玉雪が弥助にささやいた。

「あのぅ、部屋のほうはあたくしがなんとかしておきますので、弥助さんはあの子を」

「えっ！　でも……ど、どうしてやったらいい？」

「話を、あのぅ、よく聞いてあげてはどうでしょうか？」

ほらっと、背中を押され、弥助はおそるおそる泣いている津弓に近づいた。

「おい……そんな泣くなよ。こっちは怒ったりしてないぞ」

「ぐぅ。うぐっ。うううっ」

「なあ、なにがそんな悲しいんだよ？　どうしちまったんだよ？　水びたしのことなら、気にするなって。ぞうきんでふきゃあ、まあ、なんとかなるからさ」

「ち、ちがうの！　ぐすっ！　こ、こんな、かんたんな術さえしくじるなんて、自分が情けないの！　ぐすっ。津弓はなにをやってもだめな子なの。こんなんだから、叔父上にもきらわれるの」

「おいおい」

「ほんとのこと。津弓、叔父上に育てていただいてるの。でも、叔父上、なかなか会ってくださらないの。ぐすっ。いっしょのお屋敷に住んでるのに。祭りに連れていってもくれないし……いまだって、子預かり屋に預けてる」

「そりゃいそがしいからじゃないか？　子預かり屋に預けるくらいだから、おまえのこと大事にしてると思うけどなぁ」

「ちがう！　叔父上は、津弓のこと、みっともないって思ってる。絶対そう。だって、津弓は叔父上とちがって、まんまるの顔だし、尾も一本しかないし……」

しょげきっている津弓を見ているうちに、弥助はいたたまれない気持ちになってきた。

なんとかしてやりたい。なんとかできないものだろうか。

弥助は津弓に近づき、そっとささやいた。

「それじゃさ、試してみたらどうだ？　おまえの叔父さんが、ほんとにおまえがきらいかどうか、たしかめりゃいい。そうすれば、気持ちがすっきりするだろ？」

津弓の目が丸くなった。

明け方近く、津弓を迎えにきた烏天狗の飛黒は、弥助の思わぬ言葉で出迎えられた。

「津弓、帰らないって。ずっとここにいるんだってさ」

「な、なんじゃと！　これ、津弓さま！　い、いったい、なにを考えておられるのか！」

「入ってこないで、飛黒！」

長持の中に閉じこもったまま、津弓はさけびかえした。

「玉雪殿に頼んで、結界を張ってもらったんだから！　津弓はもう、この長持から出ていかない！　叔父上にもそうお伝えして！」

「なりませんぞ、津弓さま！」

「いいの！　津弓なんかいないほうが、叔父上だってせいせいされるはずだもの！」

津弓の悲鳴のような声に、飛黒はひるんだ。

弥助が言った。

「というわけなんだ。いったん、あんたは帰ったほうがいいと思うよ」

「ぐっ！　弥助。おまえ、津弓さまになにをふきこんだのだ？」

「別に。だけど、津弓が悩んでるのは本当だよ。それを解決できるのは、あいつの叔父さんだけなんだ。あいつの叔父さんをここに呼んできてくれよ。なあ、頼むよ」

「……後悔するぞ、弥助。かならずな」

不気味な言葉を置いて、飛黒は飛びさっていった。そして、すぐに津弓の叔父を連れて、もどってきたのだ。

「でひゃっ！」

弥助はまたしてものけぞった。現れたのは、なんと、月夜公だったのだ。

まさか、月夜公が津弓の叔父だったとは！

弥助は死ぬほど後悔した。

(叔父さんが月夜公だと知ってたら、絶対ここには来させなかったのに！)

月夜公は、猛烈に怒っていた。すさまじい顔で弥助の喉をつかみあげた。

「吾の甥を返さぬとは、どういう了見じゃ！　津弓をいかがした！　言わぬと、うぬのそっ首、ねじきってくれるぞ！」

「っ……！」

「答えぬつもりか！」

答えたくても、喉をつかまれては声も出ない。じたばたと暴れる弥助を助けようと、玉雪が駆けよったが、これまた腕の一ふりでなぎ払われる。

「お、叔父上！　弥助をはなしてやって！」

見ていられず、津弓が長持から飛びだしてきた。そのすがたを見るなり、月夜公の体から力が抜けた。

「無事であったか……」

小さくつぶやく月夜公に、ようやく声が出るようになった弥助がさけんだ。

「べ、別におれが津弓をさらったわけじゃないぞ！　津弓が言ったんだ！　叔父上にきらわれているから、帰りたくないって！」

「なんじゃと？」

「うそじゃない。津弓は泣いたんだ。こんなに力が弱くて、叔父上に申し訳ないって。叔父上に恥をかかせたくないから、帰りたくないって」

「なにを、ばかなことを……」

「ってことは、ほんとのことじゃないのかい？」

「当たり前であろう！　津弓は吾が甥ぞ？　吾が姉上のたった一人の忘れ形見。愛しく大事に守りこそすれ、きらうはずがなかろうが！」

「でも、祭りに連れてってやらなかったんだろ？」

「祭りには危険なものどもも参る。妙な騒ぎに巻きこまれ、津弓に万が一のことがあっては困る」

「じゃ、なかなかいっしょに過ごしてやらないのは？　どうしてなんだよ？」

「奉行所に勤める吾には、多くの穢れがつく。津弓になにかがあってはならぬゆえ、吾はあえて近づかぬようにしておるのじゃ。吾がどれほど歯がゆい想いをしているか、うぬにはわからぬわ！」

嚙みつくように言う月夜公を、弥助はまじまじと見かえした。そして、こらえきれなくなって、ぷっと吹きだした。

「なんだ。月夜公って、案外不器用だったんだ」

「無礼なことを申すと、骨を引っこ抜いてくれるぞ」

「だってそうじゃないか。つまり、津弓をきらっていたわけじゃないんだろ？」

「じゃから、先ほどからそう言っておろうが！」

「だってさ。よかったじゃないか、津弓」

津弓は、先ほどからぷるぷるとふるえていた。うれしさと感動で、顔が真っ赤になっている。そのすがたに、月夜公のほうがたじろいだほどだ。

ぎくしゃくとした動きで、月夜公は甥に近づいた。

「……まことか、津弓。吾が……そなたをきらっていると思いこんでおったのかえ？」

「は、はい！　叔父上のこと、あの、ちゃんとわからなくて、ごめんなさい！」

「い、いや……吾のほうこそ、誤解を与えてしまったようで、その……すまなかった」

そのまま立ちつくす叔父と甥。これからどう動いたらよいか、わからぬようだ。

じれったくなった弥助は、津弓に声をかけた。

「ほら、きらわれてないって、わかったんだから。どうしてほしいか、ちゃんと言いなよ」

「う、うん」

息を吸いこみ、津弓は月夜公を見あげた。

「お、叔父上、お願いがあるの！　あの、あの……手を」

「手？」

「その、津弓と手をつないでほしいの。お屋敷にもどるまで。だ、だめ、ですか？」

小さな津弓を、月夜公はしばらく見おろしていた。その目はかすかにゆれていた。

「……わかった。望みはそれだけか？」

「いえっ！　あの……ときには……お話もしてほしい、です」

「わかった」

月夜公は津弓の手を取った。ぎこちない動きで、戸口へ向かう。だが、途中でふと弥助のほうを見た。

「うぬの養い親は？」

「千にい？　千にいなら、今日はいないよ。いつものお客のとこに按摩に行ってるんだ」

「そうか。それならいい」

どこかほっとしたような声に、弥助はなんとなくひっかかった。

「千にいのこと、知ってるの？」

「知らぬ。うぬの養い親のことなど、知りとうもないわ」

そっけなく言って、月夜公は津弓を連れて外に出た。

屋敷への帰り道、津弓は天にも昇る心地だった。叔父が自分のことを思ってくれていて、こうして手をつないでくれるなんて。幸せすぎて、夢かと思いそうになるくらいだ。それもこれも、弥助のおかげだ。

「あ、そうだ」

「ん？　いかがした？」

「おみやげのことを忘れていました」

津弓はふところから小さな袋を取りだした。

「叔父上。これ、あげます」

「なんじゃ、それは？」

「銀杏。弥助が持たせてくれたの。弥助が炒って、津弓も殻を割るのを手伝いました」

ころころと、津弓は翡翠色の銀杏を手のひらに取りだしてみせた。月夜公は少し考えたあと、それを一粒、口に運んだ。

「うまいな」

「はい！　津弓もおいしいと思いました！　この銀杏、弥助が千にいという人といっしょに拾ったって。そう言っていました」

「あやつの養い親が、銀杏を拾う？」

「はい。毎年、二人でどっさり拾うって、言っていました」

「さようか。……では、来年は、そなたと吾とで拾いにいってみるか？」

「お、叔父上……」

「いやか？」

とんでもないと、ぶんぶんと津弓は首をふった。

「早く来年の秋が来てほしいです！　早く早く来てほしい！」

「そうか。そんなに楽しみか」

ふわっと、月夜公(つくよのぎみ)はほほえんだ。その美しさに見とれながら、津弓(つゆみ)は思ったのだ。

ああ、また弥助(やすけ)のもとに行こう。叔父上(おじうえ)からほほえみを引きだせたことを、弥助(やすけ)に話して聞かせなくては、と。

7 雛の君

弥助にとって、その年の冬はまたたく間に過ぎていった。うぶめ石を割ったのが秋の終わりで、それからは妖怪づくしの毎日。気づけば年が明けていた。

正月はにぎやかだった。妖怪たちが、次々に新年のあいさつに来たからだ。

梅吉も、梅ばあに連れられてやってきた。初めはすねたような顔をしていたが、弥助が田作りと錦玉子を出してやると、笑顔を見せてくれ、弥助はほっとしたのだった。

そのにぎやかな三が日が過ぎると、子預かり屋としての毎日がまたはじまった。

年明け早々に猫又の子を預けられたときは、少し弥助はがっかりした。こうして子どもを預けられるということは、いまだうぶめはもどってきていないらしい。

心に負った傷はそれほどに深いのだろうか。いったいどこにいるのだろう？　妖怪たちはうぶめが好みそうな住まいも探しているそうだが、そちらも見つかってないとの話だ。

だが、うぶめのことばかり考えてもいられなかった。気を散らしていては、子どもらの面倒はみられない。ただでさえ一筋縄ではいかない者が多かったからだ。

白うねりという妖怪は、まるでかびだらけのぞうきんのようで、親子そろってほこりとかびをまきちらし、帰ったあとには時期はずれの大掃除をしなければならなかった。

豆だるまの三兄弟はちょこまか転がるのが好きで、気をつけないと踏みつぶしそうになってしまう。

つらら小僧が来たときには、この寒いのに火鉢もこたつも使えずに風邪をひきかけ、姥ケ火の娘がやってきたときは、あやうく火事を起こされかけた。

月夜公の甥、津弓も、騒ぎを起こす名人だった。この前は、「叔父上から教わった」と言って、部屋中に火の玉を炸裂させた。玉雪がいち早く助けてくれなかったら、弥助は黒こげになっていたかもしれない。

そんなこんなと、毎日をこなしていくうちに、いつのまにか三月になっていた。

と、千弥がまた佐和のご隠居のもとに行くことになった。預かっている子妖怪もいなかったので、弥助もいっしょについていくことにした。

まだまだ寒さが残る季節だが、その日はめずらしく暖かかった。日差しはうららかで、まさに春の日和だ。

　そのせいか、ついついのんびり歩いてしまい、二人がご隠居の屋敷についたときには、正午をかなり過ぎていた。と、千弥が言った。

「これじゃ夜までに帰れないかもしれないね。弥助は先に帰ったらどうだい？　今夜も客が来るかもしれないし、わたしのことは心配しなくていいから、先に帰っておいで」

　弥助はその言葉にあまえることにした。じつはよっていきたい場所もあったのだ。

　それにしても、ずいぶん変わったものだと、弥助は自分でも少しおどろいた。かつての弥助であれば、なにがあっても、ぴたりと千弥にはりついていただろう。先に帰れなどと言われたら、めちゃくちゃだだをこねて、千弥を困らせていただろうに。

「じゃ、先に帰るね、千にい」

　そうしてご隠居の屋敷を出た弥助は、そのまま屋敷の裏に回り、小さな森に入った。

　ここに入るのは去年の秋以来だ。金色の木漏れ日の中、弥助はゆっくり歩を進め、やがて目的の場所にたどりついた。

　目の前に割れた石が転がっていた。

　うぶめ石。弥助がこわしてしまった石。もはやうぶめの宿れぬ石。

持ってきたおにぎりを、弥助は石の前に置いて手を合わせた。

ここにはもううぶめはいないと、わかっている。こんなことをしても、なんの足しにもならないかもしれないが、それでもなにかしたかった。

(ごめんなさい。石を割っちまって、ごめんなさい)

ここにはいないうぶめに向けて、しばらくの間、弥助はわびの言葉をつぶやいていた。

そうすると、少しだけ気持ちがすっきりした。

そうして、そろそろもどろうかと、きびすを返しかけたところで、ぎょっとした。少しはなれたところに、老人が一人、立っていたのだ。

奇妙な老人だった。緑がかった肌をしており、背中には大きな黒い翼があった。だが、なぜか傷だらけだった。身につけているのは古めかしい甲冑で、こちらもずたずたに引き裂かれている。まるで戦で負けた落ち武者のようだ。

「妖怪?」

あえぐ弥助に、老人は目を向けてきた。

「そなた、子預かり屋か? 出会えてよかった。もはや体がもたぬところであったわ」

「えっ? えっ?」

目を白黒させている弥助の手に、老人はぐいっとなにかを押しつけた。

「雛の君、たしかに預けた。よろしゅう頼む」

異様な迫力でささやくと、老人は身を引いた。次には、そのすがたはかき消えていた。

弥助はやっと息を吐きだした。まさか真昼間に妖怪に出会うとは。よくわからないことを言っていたが、いったいなにを預けていったのだろう。

弥助は手を開いて、押しつけられたものを見た。

それは卵だった。鶏のものよりも二回りほど大きく、淡い藤色をしている。

「また卵かよぉ。せめて卵から孵ってから、預けてくれりゃいいのに」

ぶつくさ言いながらも、弥助はそっと卵をふところに入れ、長屋にもどることにした。

太鼓長屋にもどると、弥助は床に座りこみ、卵をふところから取りだした。

と、ぴんっと、糸をはじくような音がして、卵に真一文字のひびが走った。

「うぉっ！　お、おれ、な、なにもしてないぞ！」

あわてる弥助の前で、卵は二つに割れ、ころんと、小さな子どもが転がりでてきた。

本当に小さな子どもだった。弥助のこぶしくらいしかない。肌は金色の光をはなち、おかっぱ髪は淡いうぐいす色をしている。羽毛で作ったかのような、ふわふわとした灰色の着物を身につけ、朱鷺色の帯をしめている。

　その子の顔を見るなり、弥助は笑いだしそうになってしまった。

　ぷくりと太っているところは、津弓とよく似ているが、この子はとにかく口が大きい。ほとんど顔の半分をしめているかのようだ。目もぎょろりと大きく、外に突きでている。ひよこだ。ひよこにそっくりだ。

　弥助が必死で笑いをこらえていると、ぎろっと子どもがにらんできた。その大きな口がぱかっと開いた。

「無礼者！　わらわは雛の君じゃぞ！女人を笑うなど、無礼千万なるぞ！」

とんでもない大声に、弥助はうしろにふっとんでしまった。

あたふたしながら起きあがれば、雛の君と名乗った子どもがこちらをにらみつけている。見た目はおさないのに、おそろしい目つきだ。弥助はあわててあやまった。

「ご、ごめん」

「ふん」

かわいげなくうなずくと、雛の君は家の中を見まわした。大きな口がへの字になった。

「ひどいぼろ屋じゃ。空気も悪い。小僧。東風丸を呼べい。はようせい」

「東風丸、って？　もしかして、長いひげのじいさん？　黒い翼のある？」

「そうじゃ。わらわの守り手じゃ。このような場所にわらわを放りだしおって。きびしくしかってやらねばならぬ。はよう呼べ」

「む、無理だよ。あのじいさんなら、いきなり卵を押しつけて、どっか行っちまったよ」

弥助は、老人に卵を渡されたことを、できるだけくわしく話してきかせた。話を聞きおえたころには、雛の君の顔はこわばっていた。

「そうか。東風丸はそこまで追いつめられていたのか……。まさか人の子預かり屋、それもこんな小僧に頼るとは。ああ、わらわにもっと力があれば、みなを守ってやれたものを。

くやしい。じつにくやしいぞえ。……うわあああん！」

とつぜん、雛の君はびゃあびゃあと泣きだした。その声のすさまじいことといったら。耳の奥が破けそうで、弥助は耳を押さえた。

「お、おい、やめろ！　やめてくれよぉ！　頼むからさぁ！」

拝んでも頼んでも、雛の君は泣きやまない。

弥助はよろけながら土間に駆けおりた。雛の君をだまらせられそうな物を必死で探し、ついに昨日炊いた豆の煮物を見つけた。あまいから、雛の君も気に入るかもしれない。

雛の君のもとにもどるなり、その口の中に、ねとねととあまい豆を一粒放りこんだ。

はたして、雛の君は泣きやんだ。目に涙をためながらも、もぐもぐとだまって口を動かす。そうしてごくりと飲みこむや、雛の君は弥助のほうを見て、ぱかりと口を開けた。

「もっとおくれな」

「う、うん」

「もっとじゃ。もっとおくれ」

そのあと、弥助は雛の君が口を開けるたびに、豆を押しこんでやった。

小鉢一杯ほどの煮豆を食べおえると、ようやく満足したのか、雛の君は「寝床の用意をいたせ」と、えらそうに言ってきた。弥助がどんぶりの中にやわらかな布を詰めこんで、巣のようなものをこしらえてやると、雛の君はすぐさま中に入り、身を丸めて眠りはじめた。

（と、とんでもねえのを預かっちまった。じいさん、早く迎えに来てくれないかなぁ？あ、でも、いつ迎えに来るって、言ってなかったぞ。まずいな、こりゃ）

弥助は頭をかかえてしまった。

8　久蔵と千弥の昔語り

按摩がすむと、佐和のご隠居は千弥のために駕籠を呼んでくれた。

「これくらいはさせておくれ。おまえさんのおかげで、今日もぐっと楽になったからね」

ありがたく駕籠に乗りこんだ千弥は、太鼓長屋近くにある居酒屋、とんぼ屋の前でおろしてくれと、駕籠屋に頼んだ。ここの煮物を買って帰ろうと思ったのだ。

とんぼ屋は、がんこな親父が一人でやっている小さな居酒屋で、酒より飯のほうがうまいと評判なのだ。

駕籠をおり、店ののれんをくぐったとたん、酒とだしのよい匂いが千弥の鼻に流れこんできた。どうやら今日は芋の煮物があるらしい。

と、聞きなれた声がかかってきた。

「おや、千さん？」

この声は久蔵かと、千弥は少し顔をほころばせた。

「久蔵さんですか。ご無沙汰でしたね。こうして出てきたということは、もう髪がはえそろったというわけですか？」

「残念ながら、まだだよ。まげを結うには、まだ二寸ばかり足りなくてね」

「それにしてはご機嫌ですね。髪がそろうまで、てっきり一歩も家から出ないで、しょぼくれているのかと思っていましたが」

「ばかを言っちゃいけない。そんなことしたら、体にかびがはえちまうよ。なに。いい男っていうのは、どんなかっこうしたっていい男だからね」

いやみに笑ってみせる久蔵に、店の親父と客一同が「けっ！」と声をあげる。

「で、千さんは仕事帰りかい？　あの子狸がいっしょじゃないのはめずらしいね」

「ええ。一足先に帰したんですよ。だから、煮物を買っていってやろうと思いましてね」

「ふうん。まあ、あいつがいっしょじゃないなら、ちょうどいいや。少しつきあっておくれよ。なあに。ぜんぶおれがおごるから」

「……今日はふところが温かいみたいですね」

「そうともさ。それもこの頭のおかげでね。まま、わけを話すから、まずそこに座って座って。とっつぁん。酒とつまみ、もう二人前ね」

注文をすませると、久蔵は改めて千弥の前に座り、自分のことを話しだした。

「それがさ、坊主頭で家に帰ったら、うちの親がそれはおどろいてね。手のひらをかえしたみたいに、おれをあまやかしだしたんだよ。ほんと。坊主頭も悪くないって思ったねえ。いまじゃ親のほうから、少し外で遊んでおいでって、小遣いを渡してくれるんだもの」

「大家さんたちもたいした親ばかですねぇ」

「……申し訳ないが、うちの親も千さんだけには言われたくないと思うだろうよ。あんたの弥助へのあまやかしぶりにくらべたら、うちのなんかかわいいものさ」

そうだろうかと、千弥が首をかしげているところへ、酒とつまみが運ばれてきた。つまみは、たこを酢でしめたもので、冷や酒にはじつによく合った。

千弥と酒を飲みかわしながら、久蔵はふと真顔となった。

「千さんとこうして酒を飲むようになるなんてね。五年前は思ってもみなかったよ。……千さん、ずいぶんと変わったねえ」

「変わりましたか？」

「とぼけなさんな。自分でもわかっているんだろう？」

「ええ。まあ。……あのときは寒かったですね」

「ああ。雪が降りそうだったね」

酒を酌みかわしながら、二人の心は五年前の冬へともどっていった。


そのとき、久蔵は十八だった。十八ではあったが、すでに一人前の遊び人であった。酒、女遊び、博打をおぼえ、毎日が楽しくてしかたないというありさまだ。

だからその日も家を抜けだし、博打に行った。

一両ほど勝ったところで、切りあげて外に出てみれば、すでに遅い時間で、人通りも絶えていた。いまにも雪が降りだしそうなほど寒くて、久蔵がぶるりと身をふるわせたときだ。

突然、どなり声が響いてきた。

「どこ見て歩いていやがるんだ、このがきが！」

けんかだろうかと、久蔵は声のするほうに向かった。

ほどなく騒ぎを起こしている者たちが見えてきた。

どなっているのは、大柄な浪人だった。いかつい顔は荒みきっており、しかも天狗のように赤い。怒りのせいだけではない。酔っているのだ。

その男の前に立っているのは、頭を丸めた若い男と、小さな子どもだった。

久蔵ははっとした。浪人のほうは知らないが、あの二人は知っている。数ヶ月前に、太鼓長屋に越してきた二人連れだ。

先日、太鼓長屋を通りかかったときに、久蔵はあの二人を見かけたのだ。思わず興味をおぼえ、近所でも有名なおしゃべり女房おきくに、二人のことを聞いてみた。

男は按摩で、名は千弥。連れている子どもは弥助。弥助は七つで、口をほとんどきかない。

それしかわからないと言うおきくに、久蔵は首をかしげた。

目の見えない若い男と小さな子どもだけの、二人暮らし。いろいろと不自由していることがあるだろう。ましてや、男のほうはあれだけの色男なのだ。本当なら、近所のおかみたちがこぞってお節介を焼いて、ついでにあれこれ事情を聞きだしてしまうはずなのだが。

「あんないい男を放っておくなんて、おきくさんらしくないいね」

「……千弥さんって、なんかこわいんですよ」

冴えない顔で、おきくは話した。

「話し方はぶっきらぼうで、声も冷たいし。顔なんかほとんど無表情で、きれいな分だけおっかないんですよ。子どものほうも、千弥さんのうしろに隠れているばっかりで。子どもらしいところがないんです」

それはつらい目にあってきたせいではないだろうか。心の傷を隠そうとするあまり、顔に表情がなくなってしまったのではないだろうか。

久蔵がそう言ったところ、おきくはかぶりをふった。

「ところがね、二人きりでいるときはそうじゃないんですよ。千弥さんはそれは大切そうに子どもの相手をするし、子どものほうもあまえた顔をするし。まったく。親子でもないのに、あのべたべたした感じはなんなんだろ！」

「親子じゃないのかい？」

「絶対にちがいますよ！　一両かけたっていい！　と言っても、一両なんてお宝、あたしゃ持っていませんけどね」

ぺろりと、おきくは舌を出してみせた。

「とにかく、千弥さんはおかしいですよ。子どものことは気にかけているんだけど、やることがどうもまともじゃない。腐りかけの漬物や、かびのはえたまんじゅうを子どもに平気で食べさせるんです。おまゆさんなんか、子どもに酒を飲ませているのを見たって」

久蔵は目を丸くした。

「……ほんとに子どもを大事にしているのかい、それで？」

「たぶん、そういうものが体に悪いって、知らないんでしょうね。……弥助って子は、いつも青白い顔をしててねえ。七つにしては体も小さくて、いつ倒れちまうかって、あたしゃひやひやしてるんですよ」

「それってまずいんじゃないかい？」

相手は子どもなのだ。年がら年中腹をこわしているのであれば、笑いごとではすまない。千弥がやっていることをだまって見ているなんて、ますますもっておきくたちらしくないではないか。

久蔵の責めるような目に、おきくは弱々しく笑ってみせた。

「あたしらだってねえ、世話を焼いてやりたいですともさ。おかずだってなんだって、おすそわけしてあげたいし。だけどね、向こうはしっかり戸締りしていて、こちらを入れる気持ちなんか、これっぽっちもありゃしない。これじゃ、お手上げですよ。按摩のほうも、はやってはいないでしょうね。あれじゃお客が近よれないですよ」

ため息交じりのおきくの言葉を、久蔵は思いだしながら、じっと千弥を見た。

いま、子どもをかばいながら、千弥はまっすぐ前を向いていた。その顔におびえはまったくなく、白く冷たく整っていた。

どうするつもりかと、久蔵はしばらく様子を見ることにした。浪人がしきりにがなりたてるものだから、だいたいのことはすぐにわかった。

どうやら子どもが浪人にぶつかったらしい。ただそれだけのことで、浪人はいきりたっている。なにがなんでも子どもの口からわびの言葉を聞きたいとわめいている。

と、千弥が静かに口を開いた。

「すでに話したはずだ。この子は人前では口をききたがらない。だから、わたしが代わりにあやまった。それなのに、これ以上なにを望む？　金でもほしいのか？　それならそう素直に言えばいい。いくらかなら出せる」

ばかにしたような言い方に、浪人は顔色を変え、刀の柄に手をやった。

これはまずいと、久蔵も青ざめた。だが、「早く逃げろ」と、千弥に呼びかけようとしたところで、はっとした。

あいかわらず千弥は静かな顔をして、子どもをかばって立っている。その水仙のように美しい立ちすがたに、なんともいえないものものしい空気がまとわりつきはじめていた。

このままではおそろしいことが起こってしまう。そんな気がした。

だから、久蔵は飛びだした。一気に走りより、浪人に体当たりを食らわせた。

もともとひどく酔っていた相手だ。簡単にひっくり返り、そのまま川へと落ちていった。

あまりにあっけなくて、しかけた久蔵のほうがおどろいたくらいだ。

だが、とにかくうまくいった。ここの川は浅いし、まず溺れることはないだろう。

浪人がばしゃばしゃもがいているのをたしかめてから、久蔵は千弥の手をつかんだ。

「こっちだ！」

ところが、引っぱっても千弥は動かない。逆に引っぱりかえしてきた。意外にも強い力だ。

「だれだ？」

「だれでもいいだろ！　助けてやるって言ってるんだよ！」

「……………」

「このままここにいると、子どももあぶないんだよ！」

千弥の無表情が少しゆらいだ。と、力を抜いて、久蔵に手を預けてきたのだ。

久蔵は走りだした。三人で手をつなぎあって、路地裏を駆けぬける。

もうだいじょうぶだと見きわめたところで、久蔵は足を止めた。

「ここまでくればだいじょうぶだよ」

「あんたはだれだ？」

「おたくが住んでる長屋の大家の息子だよ。久蔵っていうんだ」

「……そうか」

うなずくと、千弥は息をはずませている子どもの頭をなではじめた。もう久蔵のことなど、見向きもしない。

久蔵もさすがにひるんだ。

冷ややかな壁を感じた。おきくたちの言っていた、口出しのできない雰囲気だ。

だが、こちらも命がけで助けてやったのだ。ここでひるんでどうする！

自分のことをしかりつけ、久蔵はあえて調子よくたずねかけた。

「こんな夜遅くに、なんだってあんなところにいたんだい？　しかも子どもを連れてさ」

「あのあたりの居酒屋なら、まだやっているところもあると思った」

「居酒屋に行こうとしてたのかい？」

首をかしげる久蔵に、千弥はさらにとんでもないことを言ってきた。なんと、子どもに飲ませるために、酒を買おうと思ったというのだ。理由は、子どもが寒がって眠れないからだという。

「酒を飲めば、体が温まる。この子も眠れる。だから買いに行くことにした」

久蔵は大きくうめいて、手で顔をおおった。頭の奥がずきずきした。

この千弥という青年はひどいずれかたをしている。人間ばなれしすぎている。いったい、どんな生き方をしてきたというのだ。寒がる子どもを酒で温めようだなんて。

久蔵は、子どもを見た。青白いやせた顔で、あまり具合がよくはなさそうだ。

久蔵は舌うちをした。ここまできた以上、放ってはおけない。

「この子に必要なのは酒じゃない。温かい飯だよ。ああもう！　ついてきなよ」

そうして久蔵は、二人をなじみの居酒屋とんぼ屋に連れていった。すでに店じまいしており、店も二階の住居のほうも寝静まっていたが、久蔵は遠慮もなく戸をどかどか叩いた。

しばらくして戸が開いて、奇妙な顔がのぞいた。目がやたら大きく、しかも両目の位置がやたらはなれている。顔の形は逆三角形で、あごがとがっていて、とんぼにそっくりだ。

とんぼ親父はぎょろりと久蔵を見た。

「のれんがしまってあるのが見えねえのか?」

「ごめんよ、とっつぁん。でもさ、なんか食わせておくれよ」

「ふざけんない！　一昨日来やがれ！」

「そう言わないでおくれよ。こっちはやっとのことで、おっかないのから逃げてきたんだからさ。それも子連れでだよ?」

「おっかないのぉ?　なんだ、そりゃ?」

しぶい顔をしていた親父だが、久蔵が酔っぱらい浪人を川に突きおとしたと聞くと、笑顔になった。

「へへえ。刀差した相手に丸腰で向かっていくたぁ、おもしろいことをするじゃねえか。久蔵。おめえは鼻持ちならねえがきだが、そういうところは肝が据わってらあ」

気に入ったぜと、親父は三人を店の中に入れ、残り物で手早く雑炊を作ってくれた。さらに、しその実をまぜこんだにぎり飯、芋とこんにゃくの田楽、漬物、ぽってりと厚い卵焼きに、熱燗を三本出してくれた。

「あとは勝手にやってくんな。朝までいていいぜ」

そう言って、親父は二階にあがっていった。寝に行ってしまったのだ。

三人はさっそく食べはじめた。

ねぎがたっぷり入った雑炊は、冷えた体にはなによりうれしい食べ物だ。田楽にかぶりつけば、甘辛いみその香りが口いっぱいに広がる。さらに熱い酒は五臓六腑に染みわたる。

「ああ、たまらないねえ！　なあ、ここの飯はうまいだろう？」

久蔵が声をかけても、子どもは顔をあげようともしなかった。夢中で雑炊をかっこんでいる。普段ろくなものを食べさせてもらっていないからだろう。目の色が変わっている。

不憫だと、久蔵は思った。

それにしても、この千弥という青年は何者なのだろう？　この子の家族ではなさそうだが、なぜいっしょに暮らしているのだろう？　子育てのことはなにも知らないようだが、だれかから頼まれて、子どもを預かったのだろうか？

疑問はあとからあとからわいてくる。

ふいに千弥が子どもによりそい、なにかささやいた。その顔にうかぶほほえみに、久蔵は圧倒された。

たとえようもなくうるわしく、やさしいほほえみだった。千弥のまわりに、ふんわりと光の花が咲き、かぐわしい香りに包まれている。そんな錯覚さえおぼえた。

だが、久蔵の視線に気づき、千弥はこちらを向いてきた。そのときには、やさしかった顔はふたたび冷ややかに凍りついていた。

あの仏のような笑みは、幻だったのかと思いながら、久蔵はたずねてみた。

「あの浪人のことだけど、おれが助けなかったら、どうするつもりだったのさ?」

「別に。まあ、あんたが来てくれたのは、あの男にとってはよかった。……あのままだったら、川に落とされるくらいではすまなかっただろうから」

ごく当たり前のように言う千弥。

急に久蔵はこわくなった。なにをするつもりだったか知らないが、久蔵が出ていかなかったら、千弥は確実にあの浪人を倒していたのだ。それがわかった。

この美しい青年は、ぞっとするような、なにかをはらんでいる。だが、それでいて子どもに対するやさしさは本物なのだ。なにがなんだかわからなかった。

久蔵が混乱している間に、子どもが食事を終えた。たらふく食べたら眠くなるのが子どもだ。すでに目がとろけてきていた。

「うしろが座敷になっているから、そこに寝かせておやりよ」

千弥はうなずき、子どもを猫の額ほどの座敷に横たわらせた。そのままもどってきてしまったので、久蔵はあきれた。

「だめじゃないか。そのまま寝かせたら風邪をひかせるようなもんだよ」

そう言って、久蔵は自分が着ていた綿入れを脱いで、子どもにかけてやった。

千弥は無言でうなずいた。どうやら久蔵のやったことの意味を考え、学ぼうとしているらしい。

これは見こみがあるかもしれないと、久蔵は思った。

こうやって見ていても、千弥が子どものことを心から気づかっているのはわかる。だが、その気づかいを形にする方法を、千弥はたぶん知らないのだ。寒がる子どもに温かいものを食べさせ、暖かいものを着せてやる。そんな当たり前のことさえもわからないのだ。

酒を飲んでいるせいで、久蔵はいつもよりお節介を焼きたい気分になっていた。だから、ふたたび席について千弥と向かいあったとき、思いきって言ったのだ。

「こう言っちゃ悪いけど、あんたは子育てのことを知らない。なにを知らないのか、それすらわかってないみたいだ。このままじゃ、育つものも育たない。……おれの言っている意味、わかる？」

「……わかる。だが、どうしたらいいかわからない。だれも教えてくれないし」

「そう！　そこなんだよ！　人ってのはね、困っているだれかを見ると、手を差しのべたくなるもんだよ。だけど、あんたにはその隙がないんだ。自分から、みんなのことを拒んでいるようなもんさ。これじゃあんた、いつまでたってもだれにも手助けしてもらえないよ」

「つまり、わざと隙を作れと？　みんなに親しみやすい様子を取りつくろえと？」

「そうさ。あんたに足りないのは、あいそのよさだけなんだから。それさえあれば、人は自然と手を貸してくれる。ことに、おかみさん連中を味方につけりゃ、鬼に金棒だ。毎日のおかずだって、頼めばおかみさんたちはよろこんで作ってくれるよ。そうなりゃ、もう子どもが体をこわすことだって少なくなるって」

子どものことを言われ、千弥の顔が少し変化した。どうやらやる気になってきたらしい。

「だが、どうすればいい？」

「そうむずかしく考えることはないよ。芝居をやるつもりで、やってごらんよ。たとえば、うん、ちょっとでもいいからおれに笑いかけてごらんよ。おれのことをあの子だと思って」

「あんたは弥助じゃない」

「わかってるよ、そんなこたぁ！　そのつもりでやってみろって言ってるだけだよ！」

かんしゃくを起こしかける久蔵を、千弥はまぶたを閉じたままの目でじっと見た。と、ふわりとほほえんできたのだ。

「……っ！」

心臓が止まるかと思った。

美しい。いや、そんな言葉ではとても言い表せない。闇の中に突然、光の花が咲いたような、そんな強烈な笑顔だった。

胸を押さえながら、久蔵はやっとのことで言った。

「心臓に悪い笑顔だ。でも、それならどんな人でもいちころだよ」

「これでいいのか？」

「うん。そんなに強烈じゃなくてもいいくらいだよ。あとは、雰囲気をやわらかくして、言葉づかいももっとやさしくするといいよ」

「ふん。これでは本当に芝居だな。だが……やってみる価値はありそうですね。……助言、感謝しますよ。久蔵さん」

　そう言って、千弥は軽く久蔵に頭をさげたのだ。


　酒を飲みながら、千弥は真顔で言った。

「久蔵さんに、人とのつきあい方を教えてもらって、本当に助かった。あれ以来、いろいろと変わりましたから」

　実際に、久蔵の言うとおりにすると、まわりの態度ががらりと変わったのだ。

　困った顔をするだけで、まわりは次々と手を差しのべてきてくれた。お礼にほほえみかければ、よろこばれ、さらに助けてもらえた。弥助はまともなものを食べられるようになり、腹をこわしたり熱を出したりすることがめっきり減った。態度というものはこうも大事なものかと、千弥はおどろいたものだ。

「わたしが他人にいい顔をするようになったのが、弥助は気に入らなかったみたいですけどね」

「そのせいで、いまだにおれはきらわれてるよ。千さんに余計なことを教えたって。ったく、こんだけ千さんを一人占めしてるくせに、けちなやつだよ」

「まあまあ。とにかく、わたしは本当に感謝しているんですよ。おかげで弥助を育てるのが楽になりましたから」

にこりとする千弥を、久蔵はじっと見つめた。

(……あのがきんちょを、千さんはどうしてこうも猫かわいがりするのかねぇ?)

千弥が動くのは、いつも弥助のためだ。別の言い方をすれば、弥助が絡まなければ、千弥はなにもしない。それほどに弥助は特別な存在なのだ。

相手の盃に酒をついでやりながら、久蔵はそれとなく切りだした。

「ねえ、千さん。前にちらっと言ったよね? 弥助は拾ったんだって。拾ったのはいいとして、だれか他の人に預けたってよかったろうに。あんな小さな子どもの面倒を一人でみようと思ったのは、どうしてだい? よかったら聞かせてもらえないかい?」

「どうしてと言われても……。まあ、あの子を気に入ったからでしょうね」

「気に入ったって……理由はそれだけ？」

「ええ。それだけです」

なにを思いだしたのか、千弥の口元に奇妙な笑みがうかんだ。どこか人間らしさを欠いた、ぞっとするような笑みだった。

思わずひるむ久蔵に、千弥はそのまま話しだした。

「弥助を見つけたのは、とある山奥でした。春になったばかりの夜。人のまったくいないところで出くわしたんですよ」

「……どうして千さんがそんなとこにいたのか、聞いてもむだなんだろう？」

「それは言ってもはじまらないことですから」

さらりとそこははぐらかし、千弥は話しつづけた。

「そのときのわたしはからっぽだったんですよ。なにをやっても、むなしくてね。だれも、わたしのそばには立てない。だれとも、対等につきあうことができない。……一人いたんですよ。見こみのありそうなやつがね。友になれるかと思いましたが……だめでした」

「なんだい？　死んじまったのかい？」

「いえ、まだぴんぴんしています。殺しても死ぬようなやつではないので。だめというのは、友にはなれなかったということですよ。それどころか、とても憎まれてしまって……つらかったですね。自分はなんのために生きているんだろうと思いました」

そんなときに子どもを見つけたのだという。

「四歳か、五歳くらいだったと思います。ぼろぼろの着物を着て、山の暗闇からこちらに飛びだしてきました。とにかくひどくおびえていた。ひたすらわたしにしがみついてきて……それがとても新鮮でした。だから、手元に置いておきたいと思ったんです」

「変わった理由だね。……親を捜そうとは思わなかったのかい？」

「まったく考えませんでした」

即答で千弥は返した。

「なんと言ったらいいんでしょうねえ。わたしは見つけた子どもに興味を持ったんですよ。これはもしかしたら、おもしろいものなのかもしれない。せっかく手に入ったのだから、このままあきるまで手元に置いておこう。そう思ったんです」

「そんな、あんた……。猫の子を拾ったのとはわけがちがうんだよ？」

「同じだったんですよ。そのときのわたしにはね」

そう言う千弥の口元には、また冷ややかでぞっとするような笑みがうかんでいた。

だが、それがふわっとゆるんだ。

「とにかく、わたしは自分勝手な気持ちで子どもを拾ったわけです。それでも、子どもはやたらわたしにひっついて、少しもはなれたがらない。少々冷たく扱ったりもしたのに、必死にくっついてくる。なんでだろうと思いましたよ。でもね、ようやくわかってきたんです。どうもその……子どもがわたしのことを好きらしいと」

照れくさそうに打ちあける千弥に、久蔵はあきれた。

「らしいもなにも……。好きに決まってるじゃないか」

「ええ。でも、そのときのわたしにはわからなかったんですよ。好かれるようなことはなにもしてないのに。そもそも、わたしを好きになってくれる者などいるはずがない。そう思っていましたから」

「はぁぁ？　なんか、千さんがそういうこと言うと、ほんといやみだねえ」

「ほんとのことですよ。それに……あの子はただわたしを慕うだけではなかった」

食べた物がおいしければ、かならず千弥にも食べてもらいたがった。

きれいな花を見つけると、千弥のところに見せにきた。

自分が感じたものを、なんでも千弥と分かちあおうとしてきたのだ。

そのことがわかったとき、千弥の中で子どもを見る目が変わった。

「あの子が伝えてくるおどろきやよろこびの一つ一つが、温かくてやさしくて……なんというか、心が満たされてきたんです。そのときからですよ、弥助がわたしにとって本当に大事なものになったのは。……いまのわたしがあるのは、弥助のおかげだ。あの子は、特別なんですよ」

「おうおう。あの狸がうらやましいよ。千さんにこうもべた惚れされるなんてねえ」

「あ、そうそう。久蔵さんも特別ですよ」

「とってつけたように言われてもね。ありがたみもなにもありゃしないよ」

「おや、うそだと思うんですか?」

「うそもなにも……うそなんだろう?」

「さて、どうでしょうか?」

やんわりととぼけてみせながら、千弥は久蔵にとっくりを差しだした。

9　忍びよる闇、よみがえる記憶

弥助は土間をうろうろとしていた。ときどき外に顔を出しては、路地を見た。

すでに日は沈み、外は真っ暗だ。それなのに、まだ千弥が帰ってくる気配はない。

結局、千弥がもどるより先に、玉雪がやってきた。弥助はすぐに雛の君のことを話した。

「すっごくえらそうな口をきくやつなんだ。見た目はひよこなんだけど、声は鬼蛙よりもひどくて。東風丸っていうじいさんが家来らしいんだけど。どう？　そういう妖怪のこと、なんか聞いたことない？」

「残念ながら、あのぅ、心当たりはありませんねえ。他族といっさい関わらず、ひっそりと一族だけで暮らしている者たちもおりますから」

弥助ががっかりしときだ。耳が痛くなるような声がとどろいた。

「だれがひよこじゃ、無礼者めが！」

「ひえっ！　えっ？　え？　雛の、君？」

「この唐変木の小僧っ子が！　むろん、わらわはわらわじゃ。決まっておろう」

寝ていたどんぶりから出てきて、ふんぞりかえる雛の君。だが、そのすがたは先ほどとはずいぶんと変わっていた。あいかわらずひよこめいた顔だが、体は二回りほど大きくなり、見かけも七歳くらいになっていた。髪も長くなっている。

なにより着物がちがった。灰色の地の上に、うっすら赤や橙のもようがうきあがっている。

この着物は、雛の君からじかにはえた羽なのだと、弥助はやっと気がついた。

と、玉雪が前に進みでた。うやうやしく雛の君に頭をさげて言った。

「あたくし、玉雪と申します。あのぅ、よろしければ、ご素性をうかがいたいのですが。いかがでしょう？」

「ふむ。そなたはそこの小僧とちがい、礼儀をわきまえておるようじゃ。よかろう。話してつかわす。小僧。貴様も耳の穴をかっぽじって、よく聞くがよいぞ」

「小僧じゃない！　弥助だ！」

弥助は怒って言いかえしたが、それを無視して雛の君は話しだした。

「名は明かせぬが、わらわは妖鳥に属する一族の者じゃ。我らの肉を食したものは長生きできるゆえ、魔物に狙われることも多い。ゆえに、一族は深い霊山に身をひそめ、つつましく暮らしておる。……一族を治める女首長は高齢で、ついに命と引き換えに跡継ぎの卵を産みおとした。その卵から生まれたのが、新たな長たるわらわじゃ」

だが、雛の君には大きな試練が待っていた。安全な隠れ里をはなれ、遠く飛天山の火口湖に向かわなければならなかったのだ。これはどうしても必要なことだった。火口湖の霊水で体を洗わないかぎり、決して大人になることができないからだ。

多くの守り手を連れて、雛の君は旅立った。行きは問題なく火口湖にたどりつき、青く澄んだ水で身を清めることができた。

だが、その帰り、襲撃を受けたのだ。

「護衛の者たちが次々と倒されていく中、東風丸はわらわをもう一度卵にもどし、天人鳥のもとに逃がそうとした。なれど、東風丸は傷を負うていた。そこで、子預かり屋を頼ったにちがいない。……そして、自らはおとりになったのであろう。わらわを守るために……」

目に涙をうかべたものの、雛の君はりりんとした口調で言った。

「こうなった以上はしかたない。羽がはえそろうまで、わらわはここで過ごすことにする。羽がはえそろえば、わらわの力は完全に目覚める。もはやいかなる魔物も近づけることなく、隠れ里に帰れるというものじゃ」

「そ、それって、どれくらいかかるんだい？」

「まあ、三日くらいじゃな」

「三日も！」

こんなえらそうなやつの面倒を、三日もみなくてはならないとは。弥助は気が遠くなった。

と、玉雪が不安そうに雛の君にたずねた。

「雛の君さま。あのぅ、あなた方を襲ったのは、いったい何者だったのでしょうか？」

「知らぬ。すがたは見えなんだ。闇をまとった闇のようでの。ひどい臭いをはなっておったわ。腐った泥と血がまざったようなやつじゃ」

とたん、玉雪の顔色が変わり、ふくよかな体がこきざみにふるえだした。

「ああ、なんてこと……」

うめくなり、玉雪は奇妙なことをしはじめた。戸に水をふりかけ、ぶつぶつと不思議な呪文のような言葉を唱えだしたのだ。柱にも触れて、なにかをささやきかける。

「ど、どうしたんだよ？　いったい、なんだっていうんだい？」

「ここに、く、冥波巳がやってくるかもしれないんですよ！」

「くら、はみ？　なんだい、それ？」

「あやかし食らいです。鹿が草を食べるように、鳥が虫を食べるように、冥波巳は妖怪を食べるんです。ときには獣や人間も。命あるものはすべて、冥波巳にとっては獲物なんです」

玉雪の声は恐怖でふるえていた。

「貪欲で、とてもしつこいと聞いています。……狙った獲物は、あのぅ、どこまでも追いかけて食らうと。五年ほど前に、月夜公に封印されたと聞いていましたが……きっと封印を破って出てきたんです。それで、あのぅ、雛の君さまに目をつけたんだと思います」

ぞりぞりと、体を削られるような恐怖を、弥助は感じた。冷や汗もにじみでてくる。

「ど、どうにかならないのかな？」

「いま、この家の戸口に、守りのまじないをかけました。でも、冥波巳相手にどこまでもつか……あのぅ、正直自信ありません」

「じゃ、みんなで逃げよう。そうだ。そうしようよ！」

「いえ、だめです。いまは夜なんですよ、弥助さん。家を出たりしたら、それこそ襲ってくれと言っているようなものです」

「そうじゃ、小僧。それはおろかと言うものじゃ」

「じゃあ、どうするって言うんだよ！」

かっとする弥助を、雛の君は静かな目で見つめてきた。

「良い手がある。もし冥波巳めがここまで迫ってきたら、わらわだけ外に出ればよい。やつの狙いはわらわじゃもの。わらわを食えば、満足して去っていくじゃろう」

弥助はまじまじと雛の君を見返した。玉雪も凍りついた顔をしている。ただ一人、雛の君だけが落ちつきはらっていた。

「そ、そんなの……だめだろ、そんなの。なに言ってるんだよ」

「やかましいわ！　わらわに意見するでない、小僧」

ぴしゃりと言いかえしたあと、雛の君の顔が穏やかなものとなった。

「しかたなかろう。わらわとて死にとうはない。じゃが、関わりのないそなたらを巻きこむのは、もっといやじゃ。一族にも顔向けできぬ」

「だけど！」

「これはわらわが決めたことじゃ。二人とも、口出しは無用じゃ」

雛の君はきっぱりと言いきった。すでに心を決めてしまっているのだ。

だが、弥助はそう簡単には納得できなかった。それどころか、雛の君のひよこのような顔を見ているうちに、強烈な怒りがわきあがってきた。

一瞬だが、心の底で、ほんのちょっぴり思ってしまったのだ。

それもいい手だと……。

そんな自分が許せず、またそんなことを言いだした雛の君にも腹が立った。

ぱっと雛の君のもとに駆けよるなり、弥助は雛の君をつかんで空の鍋の中へと放りこんだ。つづいてふたをし、とどめとばかりに、その上に漬物石を置いた。

「なにをするのじゃ、無礼者！　こら、小僧！　とっととここを開けぬか！」

「うるさい！　ここは子預かり屋だぞ！　魔物が来るからって、はいそうですかって、預かった子どもをくれてやれるもんか！　いいから、預かり物はだまってそこにいろ！」

言いかえしてから、弥助は玉雪のほうをふりかえった。

「玉雪さん。妖怪奉行所に行って、助けを連れてきてよ。このまま魔物に襲われたら、妖怪子預かり屋はなくなっちまいますって。そう言えば、あの月夜公だって、さすがに動いてくれると思うんだ。あ、いや、待った！　津弓だ！　まずは津弓のとこ行ってよ」

「な、なるほど。津弓さまのお願いなら、月夜公も聞きとどけてくださいますものね」

「そういうこと。月夜公に話をつけてくれるよう、津弓に頼むんだ」

「わかりました。できるだけ早くもどります。かならず助けを連れて、あのぅ、もどってきますから！」

「うん。待ってるよ」

玉雪はすぐさま戸口に立ったが、ふたたび弥助のほうをふりむき、念を押してきた。

「絶対に外に出ないでください。そして、だれが呼びかけてこようとも、決して入れと言ってはいけません。これさえ守れば、あのぅ、なんとかなるはずです。……すぐもどりますから」

その言葉を最後に、玉雪は外へと飛びだしていった。

弥助はすぐに戸口を閉め、そのまま土間にへたりこんでしまった。

いよいよ一人きりになってしまった。玉雪がもどってくるまで持ちこたえられるだろうか。ああ、こわい。ざわざわと、胸騒ぎがして、気持ちが悪い。息もつまってくる。

そのときだ。ひどいののしり声が、弥助を我にかえした。

「こら、小僧！　なにを考えておるのじゃ！　わらわを、このような鍋に閉じこめおって！　おのれ！　おぼえておれ。貴様を、世にも暗い洞窟に置き去りにしてやる！　こりゃ、聞いておるのかえ、小僧！　なんとか言わんか！」

ああ、そうだ。一人じゃない。雛の君もいるのだ。大事な預かり子。弥助が守らなければならない子どもが、ここにいるのだ。だから、しっかりしなくては。

雛の君の声を聞いたとたん、弥助の中に力がよみがえってきた。

目が覚める思いがした。

弥助は立ちあがって鍋の前に行き、雛の君に呼びかけた。

「あきらめなよ。どんなにわめいたって出してやらないぞ」

「あほんだら！　ぬけさく！　まぬけ！　腐れかぼちゃの生まれぞこない！」

「口悪いなぁ。ほんとに姫さまなのかよ？」

「……なにゆえ、わらわを守ろうとする？　自分の命が惜しくはないのかえ？」

「もちろん惜しいさ。すごくこわいし。だけど、おれは子預かり屋だから……」

「じゃが、望んでなったわけではなかろう？」

痛いところをつかれ、弥助はしばらく言葉につまった。

「たしかにそうだけど……東風丸ってじいさんは、頼んだぞって、雛の君を預けてきた。おれを信じてくれたってことだろ？　それを放りだすなんて、絶対やりたくない。預かったからには、ちゃんと最後までやりたいんだ」

このときだった。ぐらっと、足元がゆれた。

地震かと思いきや、ゆれはすぐにおさまった。かわりに、奇怪な気配が満ちてきた。この家自体が、なにか巨大な生き物にのまれてしまったかのような異様な感覚。全身にムカデが這いまわっているかのような、おぞましい気配。

来た。魔物が来てしまったんだ。

ふるえながら弥助は立ちつくしていた。

と、外のものが呼びかけてきた。

「ぼうや。おっかさんですよ。ここを開けておくれ。……智太郎や」

智太郎。

その名前は、弥助をはげしくゆさぶった。

智太郎。だれだ？　だれのことだ？　ああ、もう少しで思いだせそうな。いや、やめろ。

思いだしたくないんだ。くそ！　でも、知りたくてたまらない。こわくてたまらないのに、それでもたしかめたい。ああ、頭の中でなにかがぎしぎし音をたてている。

「開けてはならんぞ、弥助！　開けてはならん！」

雛の君のするどい声に、弥助はぎくりとした。いつのまにか土間におりていて、戸に手をかけているところだったのだ。

そうだ。戸を開けるなんて、とんでもないことだ。それはわかっている。だが、どうしてもたしかめたい。自分のことを智太郎と呼ぶもののすがたを、一目だけでも見なければ。

「平気、だ。ちょっと、見るだけだから」

「弥助、ならん！」

雛の君の警告に耳をふさぎ、弥助はほんの少し戸を開けて、隙間に目を押しつけるようにして外をのぞいた。

女が一人、闇の中に立っていた。

素朴な顔立ちの女だが、顔には邪悪な笑みがうかんでいる。髪はざんばらで、まとっている古びた旅の着物は汚れていた。肌に血の気はなく、唇だけが赤い。

べったりとした暗闇。そこにうかぶ白い女。そして、智太郎という名……。

弥助の頭の奥で、かちりと、錠前がはずれる音がした。そして……。

閉じこめられていた記憶がどっとあふれた。

＊

智太郎は五歳だった。母親は旅の薬売りだ。家も故郷もなく、あちこちの村里をめぐり、道中に見つけた薬草を薬にして、売り物にする。険しい山道をひたすら歩き、雨風などに足止めを食う。獣や盗賊などにも気をつけなければならない。きびしい暮らしだ。

だが、おさない智太郎は一度も苦しいとは思わなかった。いろいろなところに行くのは楽しかったし、なにより大好きな母親といっしょだったからだ。

それに、このごろではもう一匹、仲間が増えていた。

ちらりと、智太郎はうしろをふりかえった。さっと、白い影が茂みに隠れるのが見えた。

やっぱりついてきているると、智太郎は笑顔になった。

ひと月ほど前、智太郎は山で白い兎が罠にかかっているのを見つけたのだ。

見たこともないほど大きな兎だった。ほとんど犬くらいもある。しかし、白い毛並みは泥に汚れ、とがった竹筒に貫かれた足は真っ赤に染まっていた。

智太郎は急いで母親を呼んだ。兎を一目見るなり、母親は逃がしてやろうと言った。

「きっとこの山の神様の御使いだよ。早く山の神様のところに返してあげなくちゃ」

「でも、猟師に怒られない？」

「かわりに薬を置いておけばいいよ」

母親は罠をはずし、兎に一番上等の薬を塗ってやり、裂いた手ぬぐいで傷口をしっかりと縛ってやった。それから、動けぬ兎を抱きあげて、大木の太い枝の上に横たわらせた。

「こうしておけば、山犬が来てもだいじょうぶだからね。元気になれば、自分でおりられるよ」

「うん。いいことしたね、おっかさん」

それから五日ほどして、山道を歩きながら母親が小さく笑った。

「なに、おっかさん？」

「うしろをふりかえってごらん。そっとね」

言われたとおりにして、智太郎はおどろいた。大きな白い兎が、少しはなれたところにいたのだ。智太郎と目が合うなり、兎はさっと木立の中にすがたを消してしまった。

「あれって、この前のやつ？」

「そう。昨日からついてきているんだよ。けがはもういいようだね」

そのあとも、白い兎はひっそりとあとをつけてきた。二人のことを見守っているようでもあり、仲間に加わりたいとのぞき見しているようでもある。

智太郎は、兎に「玉雪」という名前をつけた。そして、いつか玉雪をならして、あのふかふかの毛皮に顔をうずめてやるぞと、心に決めたのだ。

智太郎がちらちらうしろをふりかえっていると、母親が立ちどまった。二人は深い山奥に来ていた。まだ明るいが、空気はひんやりとしてきている。日暮れが近いのだ。

「今夜はここらで寝ようかねぇ。智太郎、そだを集めてきてくれるかい？　でも、あんまり遠くに行くんじゃないよ。それから、いつも言ってるとおり、山ん中では大きな声を出すんじゃないよ。なにを呼びよせるか、わかったもんじゃないからね」

「わかってる。おっかさんに声が届く場所にしか行かないよ」

智太郎は元気よくそだを探しに行った。だが、なかなか見つからない。もっと奥まで行かないとだめかもしれない。そう思って、ふと顔をあげてみると、玉雪がそこにいた。智太郎のあとをついてきたらしい。母親がいないせいか、いつもよりも近くからこちらを見ている。なにやら手伝いたそうだ。

試しに智太郎は言ってみた。

「ねえ、玉雪。そだがほしいんだ。そだがたくさんある場所、知らない？」

玉雪が動きだした。まるで案内するかのように、智太郎の前をゆっくりと走っていく。

智太郎はそのあとを追った。

やがて大きな倒木がある場所へとたどりついた。枝を折ってみると、中までよく乾いていることがわかった。

「ありがと、玉雪！」

智太郎は倒木の枝を折って集めていった。両腕でかかえられるだけの量が集まると、それを持って、来た道をくだりだした。だが、急な斜面の道は登るのはよくても、くだるのはむずかしい。両手がふさがっていては、なおさらだ。

智太郎は十分気をつけたのだが、とうとう足を滑らせてしまった。

「うわあああっ！」

転がるように斜面を滑りおち、一本の木に叩きつけられて止まった。

「うう、ててぇ……」

背骨や脇の痛みは少しずつおさまってきたが、右の足首だけはだめだった。ぐんぐんと赤く腫れあがり、痛みがひどくなる。

と、玉雪がおろおろした様子でそばによってきた。智太郎は必死に頼んだ。

「お、お願い。おっかさん呼んできて。お願いだから呼んできて」

言っていることがわかったのか、玉雪はすぐさま身をひるがえし、駆けさった。

一人となったとたん、智太郎はいっそうこわくなった。おっかさんが来てくれなかったらどうしよう。足のけががひどくて、二度と歩けなくなったらどうしよう。悪い考えばかりが次々とうかんでくる。おまけに、足の痛みはひどくなる一方だ。

だれでもいいから助けてほしいと、智太郎は声をあげはじめた。

「おおい！　おおい！　だれか！　助けてよぅ！」

何度も何度も声をはりあげた。

と、ふいに答える声があった。かすかだが、ちゃんと「おおい！」と呼びかえしてくる。

智太郎は夢中で「こっちだよぅ！」とさけんだ。

こっちだ。こっちだ。

智太郎が一声あげるごとに、「いま行く」と答える声の主は大きく、近くなってくる。

まるで風のようにこちらに近づいていているようだ。

智太郎は、ふいにそれまでとはちがったこわさを感じた。なぜかはわからないが、これ以上さけんではいけないと思ったのだ。

気がつけば、鳥の声が聞こえなくなっていた。あたりはしんと静まりかえり、こそとも音をたてるものはいない。みんな息を殺して隠れてしまっているようだ。

山の様子がおかしい。大地がこきざみにふるえている。

智太郎がだまっていると、あの声が聞こえてきた。もうずいぶんと近くまで来ているようだ。いらだったように、「どこにいる！　どこにいる！」と呼びかけてくる。その声は、だんだんととどろくような咆え声に変わってきていた。

智太郎は木の幹にしがみつくようにして、ぎゅっと目を閉じた。

ああ、がさりがさりと、音が近づいてくる。こわいこわい！

がばりと、だれかが智太郎の体を抱きかかえてきた。同時に口もふさいできた。

「静かに！」

ささやいてきた声を聞いて、智太郎ははっと目を開いた。そこにいたのは母親だった。玉雪はちゃんと連れてきてくれたのだ。

智太郎は物も言わず母親にしがみついた。やっと息ができるような気がした。

だが、あいかわらずあの声は近くでする。智太郎をしつこく探しまわっている。ひどい悪臭もただよってきた。

身をこわばらせて様子をうかがっていた母親は、やがて智太郎にささやきかけてきた。

「智太郎。よくお聞き。おまえはこれから声を出してはいけないからね」

「お、おっかさん？」

「静かにしておいで。声を出しては絶対にだめだよ。そうすればだいじょうぶだから」

にこりとほほえんだ母の顔は、悲しいほど美しかった。

智太郎はひどくこわくなり、必死でしがみつき、はなれまいとした。

が、母親は無理やり引きはがし、斜面を駆けおりだした。そうしながら「おおい、おおい！」と声をあげたのだ。その声に応えるかのように、ざああっと、黒いものが現れた。どろどろとうごめく泥のようなものだった。それはおそろしい勢いで母親を追いはじめた。母親は転がるように逃げたが、すぐに追いつかれてしまった。

「おっか……！」

さけぼうとした智太郎は、だれかに突きとばされた。そのままえりくびをつかまれ、母親のいるほうとは真反対のほうに引きずられだした。

（た、玉雪！）

智太郎のえりをくわえ、必死に走っているのは、玉雪だった。ぐんぐんと、智太郎をその場から引きはなしていく。

だが、母親は？

引きずられながら、智太郎は無理やり首をねじって、うしろを見た。

黒いものが母親をつるしあげているところだった。逆さにされた母親は、ぶらんとゆれていて、着物は破れ、あちこち白い肌がむき出しになっている。

べちゃりと、黒い闇が母親をのみこみだした。ゆっくりと、足から胴、頭とのんでいき、やがては白い腕だけとなる。

と、その腕の、ほっそりとした指先がぴくぴくと動いた。

まだ生きている！　ああ、なのに食われていく！

智太郎は絶望と、焼けつくような後悔に襲われた。

自分が、あの黒いものを呼びよせてしまったのだ。ああ、なぜ声を出してしまったのだろう。自分の声が憎い。もう二度と声なんか出したくない。この声は不吉なもの。災いを呼ぶものだ。

（おっかさん！）

母のもとにもどろうと、身をひねった。それがいけなかった。智太郎の急な動きに、玉雪の体勢が崩れたのだ。

智太郎は宙に投げだされた。その下にあったのは、流れの速い川だった。

「きぃぃぃっ！」

玉雪のさけび声が聞こえた直後、智太郎は冷たい水の中に落ちていた。

ふと気がつくと、丸い石がごろごろとある川辺に倒れていた。

身を起こし、子どもは首をかしげた。

ここはどこだろう？　どうしてこんなに暗い場所に、一人でいるのだろう？　ああ、体が濡れている。顔も濡れている。足が痛いけど、どうして？　わからない。わからない。

子どもは、それまでのすべての記憶を失っていた。

濡れた体をふるわせながら、子どもはそれでも歩きだそうとした。足が痛くて立てなかったが、這って前に進みだした。だれかに会いたかった。会いたくて会いたくてたまらなかった。

その願いはほどなくかなった。川辺の先にあった森に入ったところ、前方に白い人影が見えてきたのだ。しかも、その人は「そこにいるのはだれだ？」と呼びかけてきた。

うれしくなった子どもは、そちらに夢中で這いより、ぎゅっとその人の足に抱きついた。

「なんだ、おまえは？　名前は？」

「……わ、わかんない」

「あやかし、ではなさそうだな。どこから出てきた？」

「……わかんない」

子どもは首をふりつづけ、ただただしがみついた。いまにもこの人がはなれていってしまいそうに思えたのだ。取りのこされるのはいやだった。やっと出会えただれかなのだ。

「お願い！　行かないで！　そばにいて！」

「おまえ……わたしと共にいたいのか？」

その人は、今度は少し興味がわいたようだった。

と、子どもは自分の体が抱きあげられるのを感じた。

子どもを抱きあげたまま、その人は少しとまどったようにつぶやいてきた。

「やわらかい、ものなのだな。知らなかった。子どもがこんなにやわらかいとは」

「そばにいて！　お願い！」

しがみつく子どもに、ふいにその人の気配がやわらいだものとなった。

「目をなくしたわたしに、もはや近づいてくる者などいないと思ったが……おまえはわたしを望むのだな？　そばにいてほしいと望むのだな？……いいだろう。おまえにしばらくつきあってやろう。少しは退屈しのぎができそうだ」

「いっしょにいてくれる？　ずっと？　約束してくれる？」

「ああ。あきがこぬかぎり、おまえを守ると約束しよう。わたしのことは、千弥と呼べ。おまえは名無しか？　ならば、いまのわたしの名から一字とって、弥助と呼んでやろう」

「弥助？　千弥？」

そのとき初めて、子どもは自分を抱きあげた人の顔を正面から見たのだ。

そこにいたのは月のように美しい男だった。あまりにもきれいで、おまけに目を閉じたままなので、子どもはお面のようだと少しこわくなってしまった。

だが、「わたしは思わぬ拾い物をしたようだな」と、子どもにささやいてきたとき、男はほのかにやさしい笑みをうかべたのだ。

だから子どもはこわくなくなり、にっこりと男に笑いかえした。

＊

ああっと、弥助は泣きながらうめいた。

思いだした。おれは智太郎だった。おろかだった薬売りの子。母親に守られ、逃がされ、生きのびた子どもだったんだ、おれは。

もどってきた記憶は、弥助を打ちのめした。耐えきれずうずくまり、げえっと吐いた。

これでわかった。いままで、自分の声をおそれていたわけが。

この声のせいで、弥助は災いを呼びよせた。大事な人を失ってしまった。その恐怖は心に刻みこまれ、記憶を失ってからも消えることはなかったのだ。

同時に、もう一つわかった。なぜ妖怪たちとはふつうに話せたのか。

妖怪は人よりも強い。弥助が災いを招いてしまっても、妖怪ならば逃れることができる。

妖怪たちの強さを、弥助は本能的に嗅ぎとって、あまえていたにちがいない。

肩をふるわせている弥助に、外にいるものがねっとりと呼びかけてきた。

「こっちにおいで、智太郎。おっかさんだよ。会いたかった。ほら、ここに来ておくれ」

母親のすがたをまとい、いやらしく笑いかけてくる魔物に、弥助は焼けつくような怒りをおぼえた。

「や、や、やめろぉぉぉっ！」

憎みおそれてきた声が、喉の奥からほとばしった。

「やめろ！　やめろやめろ！　おまえなんかが使っていいすがたじゃない！　おっかさんの顔で、その声で、おれのことを呼ぶな。そのすがたをいますぐやめろぉぉぉ！」

だが、弥助の怒りすら、魔物には心地よいようだった。けらけらと笑い声をたてた。

「会いたかった。ずっと会いたかった。おまえの声、おぼえていた。なのに、追えなかった。狐の男に封じられたから。でも、やっと自由になれた。……おいで、子ども。こっちにおいで。つづきをしよう。あのときのつづきだ。さあ、おいで。おいで」

魔物の声は無数の蜘蛛の糸のように弥助にからみつき、引っぱってきた。弥助は必死でその声にあらがおうとした。だが、一歩、また一歩と前に進んでしまう。

とうとう外に出てしまった。

闇の中に、弥助の母が立っていた。母は手をのばし、弥助の喉に冷たい細い指先を食いこませてきた。

「やっと会えた。……おまえのこと、ずっと気になっていた。牢に入っていた間も、ずっとずっとずっと。吾は獲物を逃したことがなかったから。狙った獲物はかならず食らう。それがこの冥波巳。ああ、やっとこれですっきりする」

じわじわと、冥波巳は弥助の首を絞めてきた。弥助は指一本動かせなかった。魔物に触れられたときから力が抜けてしまっていたのだ。

母親に化けた魔物に殺される。こんなむごいことはないと思った。

(くっそう!)

本当はやり返してやりたかった。だが、体は動かず、息もできない。しびれていく感覚の中で、死が忍びよってくるのを感じた。

ふと、頭の中に千弥の顔がうかんだ。

その瞬間、弥助は「生きたい!」とはげしく思った。

生きたい。千にいに伝えたいことがまだまだある。見つけてくれてありがとうと、育ててくれてありがとうと、まだ言っていない。それに、死んだら、千にいを悲しませることになる。いやだいやだ。死ぬもんか。

弥助は冥波巳をもぎはなそうとした。その抵抗に、魔物は目を細めた。

「いい。いい。もっとあらがえ。そのほうが楽しい。とても楽しい」

弥助の生命力を楽しみながら、冥波巳は弥助の喉を今度こそ握りつぶそうとした。

「弥助！」

するどいさけびと共に、闇を切りさくようにして千弥が飛びこんできた。

冥波巳をけりとばし、弥助を奪いとると、千弥はそのまま家の中に駆けこんだ。弥助を床に寝かせ、その口を大きく開かせる。

「弥助！　しっかりおし！」

弥助は大きくせきこんだ。必死で息をする弥助を、千弥はほっとしたように抱きしめた。

「よかった。ほんとに。よかった」

「せ、千、にい……」

弥助は泣きながら千弥の胸に顔をうずめた。この世でもっとも安心できる場所だった。

一方、外では冥波巳が起きあがっていた。ぴしゃりと、冥波巳は舌を鳴らした。

「ありがたい。餌が増えた」

ずるりと、一歩踏みだしてくる冥波巳に、千弥がいらだった様子で、家の奥をふりかえった。

「もういいだろう、うぶめ？　それとも、まだあかしは足りないって言うのかい？」

ごとんと、鍋の上から漬物石が転げおちた。つづいて、ふたを持ちあげ、中から雛の君が出てきた。

「いえ、あかしはもう十分です」

静かに雛の君は答えた。その声はやわらかな大人の女の声に変わっていた。

「それなら、とっとと仕事をしておくれ。子どもを害するものを追っぱらっておくれ」

「承知」

そう答えるなり、雛の君の全身がまばゆい光に包まれた。

白金の光が羽毛のごとく舞う中、弥助たちの横をすりぬけ、なにかが外へ飛びだしていった。大きな翼を持つものだった。だが、光がはげしくて、翼しか弥助の目には入らない。

「う、うぶめ？　あれが？」

うぶめはわずか一度の羽ばたきで冥波巳を弾きとばし、闇を大きく切りさいた。冥波巳が悲鳴をあげた。敗北のさけび声だった。

波が引くように、闇が逃げはじめた。うぶめはそれを追おうと、翼を広げた。

このとき、うぶめはちらりと弥助をふりかえった。

うぶめの顔は、母の顔だった。だれそれの母というのではない。この世のあらゆる母た

ちの思いが集まった、不思議な顔なのだ。ああ、これは母親なのだと、一目でわかる、そういう慈愛に満ちた顔なのだ。

そして弥助はたしかに見たのだ。うぶめの顔の中に、自分の母の笑顔を。

「おっか、さん……」

次の瞬間、うぶめは消えていた。

10　嵐去りて、また来たる

　嵐が去ったあとのように、その場は静まりかえった。

　弥助はひたすらぼうぜんとしていた。

　冥波巳は去った。うぶめが追いはらってくれたから。だが、そのうぶめは、雛の君だった。これはいったいどういうことなんだろう？

　ぼんやりと頭の中で答えを探していると、玉雪が家の中に駆けこんできた。

「ああ、よかった！　無事でしたか、弥助さん！」

「無事なものか！　首をこんなにしめられたんだよ！　月夜公め！　なにがもう少し様子を見ようだ。あとが残ろうものなら、絶対許さない！　目に物見せてやるからね！」

　うれし涙をこぼす玉雪と、それに八つ当たりするかのような千弥の言葉に、弥助はようやくのろのろと顔をあげた。まず玉雪を見た。

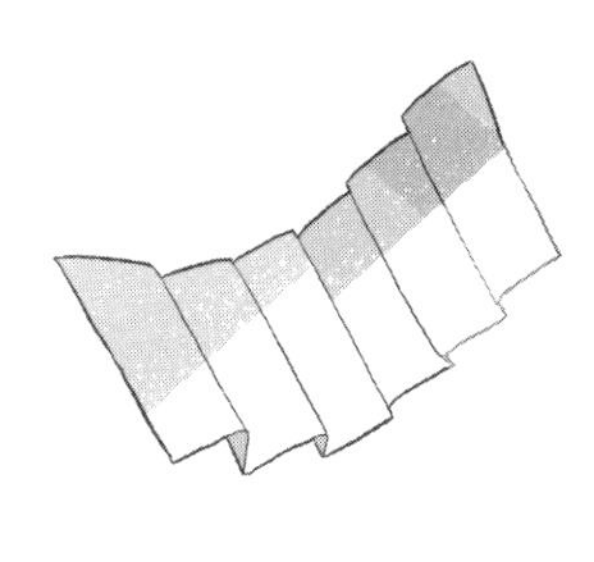

「玉雪、なんだろ？　兎の？」

「……思いだしたんですね、弥助さん」

「うん。……なんていうか、ずいぶんと変わったんだね。人のすがたなんかになったりして……どうしたの？」

玉雪は静かに話した。

「あのとき、弥助さんの母さまがおとりとなってくれた隙に、あたくしは弥助さんを冥波巳から逃がそうとしました。でも、あのぅ、川に落としてしまって。弥助さんは死んでしまったんだと、絶望して、ふらふら山をさ迷いました。そして気づいたときには、あのぅ、妖怪と化していたんです」

「そうだったんだ。……おれのことはどうやって見つけたの？」

きっかけとなったのは、妖怪たちの噂話を小耳にはさんだことだったと、玉雪は話した。


聞いたかや？　うぶめ石を割った人の子が、子預かり屋になると決まったそうじゃ。

ほほう。どんな子どもじゃえ？

梅ばあによると、なかなか目に力のある子らしいぞい。だが、妙な臭いがついているそうじゃ。かなり昔の臭いのようだが、ありゃどこぞの大物のあやかし食らいと会ったことがあるにちがいない。そう梅ばあが言うておったぞい。

あやかし食らいの臭い。

そのことが玉雪の心に引っかかった。それで、まさかと思って見に行ってみたところ、弥助を見つけたのだという。

「それからしばらく見守っていました。幸せでいるならそれでいい、このまま放っておこうとも思ったんですけど。やっぱりがまんできなくて、あのぅ、子預かり屋を手伝うという口実で、弥助さんのそばにいられるようにしたんですよ」

「……なんで、おまえは智太郎なんだよって、すぐに言わなかったんだい？」

「そんなことしたら、千弥さまに殺されていましたよ」

「へっ？」

「千弥さまには、弥助さんを見守っていること、すぐに気づかれてしまって。あのぅ、ずいぶん手きびしく問いつめられたんですよ。おまえはだれだ、なんの用だってね。一生懸命事情を話して、なんとか弥助さんのそばにいてもいいというお許しももらえたんです。

そのかわり、念を押されました。昔を思いださせるようなことを、あのぅ、絶対に弥助さんに言うなって。思いださせると、弥助さんが苦しむからって」

「そ、そうだったんだ」

そして玉雪は弥助のもとに通うようになった。本当は一日中そばにいたかったのだが、まだ妖怪としての力が弱い玉雪は、朝になると兎にもどってしまう。そのすがたを見たら、弥助は過去を思いだしてしまうかもしれない。だから、夜しか来られなかった。

それでも幸せだった。弥助の笑顔を間近に見ることができて、本当にうれしかったという。

「それに、冥波巳のこともこれでけりがつきましたしね。……弥助さんが安全になって、本当に良かった」

玉雪はにっこりと笑った。笑いながら泣いていた。つぶらな目からぽろぽろとこぼれる涙は、いろいろな思いがこぼれおちているように、弥助には見えた。

「そんな泣かないでよ。……ねえ、もとのすがたにもどれる？　兎のすがたに。よかったら、見せてほしいんだけどな」

弥助がせがむと、玉雪は頭のうしろにつけていた兎の面を手に取った。その黒い面をか

ぶったとたん、玉雪は消え、巨大な白兎がそこに現れた。

「こ、こんなに大きかったっけ？」

目をみはっている弥助に、玉雪が誘うように耳を動かしてきた。

そこで弥助は玉雪に飛びついて、思いっきり顔をうずめた。

「ああ、これこれ！　これがやりたかったんだぁ！」

玉雪の毛皮は温かく、ふかふかとやわらかかった。

そのあと、弥助は千弥と向きなおった。弥助がたずねるより先に、千弥が口を切った。

「うぶめのことを聞きたいんだね？」

「う、うん。なんでうぶめは雛の君に化けてたの？　それに……冥波巳は雛の君のことなんて一言も言ってなくて、さいしょからおれ目当てでやってきたみたいだったけど」

「ああ。冥波巳の狙いはおまえだったんだよ。七年前に取りにがしたことを、ずっとくやしがっていたらしい。だから、月夜公におまえのことを教えられ、大よろこびでここにやってきたのさ。罠とも知らないでね」

「……それって、どういうことなの？　お、教えてくれない？」

「一言で言えばね、今夜のことはぜんぶお芝居だったんだよ」

「お芝居！」

「ああ。ばかげた、とんでもない芝居さ」

計画を立てたのはうぶめと月夜公だと、千弥は吐きすてんばかりの口調で言った。

「このところ、わたしはずっと夜出かけていただろう？　あれはうぶめを捜していたのさ。で、なんとか隠れているのを見つけ、以来そこに通っていたのさ。わびるためにね」

弥助のしでかしたことは、養い親である自分がわびる。だから、どうか気持ちをやわらげてくれまいか。もどってきてくれまいか。

毎晩のように通って、辛抱強くうぶめに話しかけたという。

「さいしょは泣いてばかりでね。ろくに話も聞いてくれなかった。だが、弥助がいかに一生懸命に子預かり屋をやっているかをわたしが話していくうちに、だんだんと気持ちが落ちついてきたらしい。弥助は気づかなかっただろうけど、ここのところ、うぶめはうちに来て、こっそり弥助のことをのぞいていたんだよ」

「おれを？」

「ああ。なかなかがんばっていると思ったらしい。だが、やっぱり棲みかをこわされたことは恨めしかったらしくてね。あかしがほしいって言ってきたんだよ」

弥助は本当にくやんでいるのか。心からうぶめにわびたいと思っているのか。本当にそうなら、いざというときには預かった子どもを体をはって守ろうとするはずだ。もし、弥助がそれを証明したら、すべてを許し、千弥が差しだすものを新たなうぶめ石にしてもよい。

それがうぶめの出してきた条件だった。

「そうしたら、月夜公のやつがしゃしゃりでてきたのさ。あいつめ、わたしにだまって、冥波巳を解きはなった。しかも、ここに帰ろうとするわたしを縛りつけて……おかげで、弥助がひどい目にあって……絶対許せない。ああ、これは絶対許せないね！」

ゆらゆらと、青白い殺気を立ちのぼらせる千弥をなだめ、弥助は先をつづけさせた。

ひらたく言えば、こういうことだった。

まず、うぶめが雛の君という子妖怪に化け、弥助のもとに行く。もっともらしい作り話をして、冥波巳が雛の君を狙っているように思わせる。その間に、月夜公は冥波巳を解きはなち、「かつて取りにがした子どもがいるぞ」と、冥波巳を弥助のもとへと向かわせる。それでも弥助が雛の君を見すてなかったら、そのときこそうぶめがすべて終わらせる。

それが月夜公の計画で、そのとおりにことは運んだというわけだ。

「ちなみに、弥助がさいしょに会った東風丸。あれも、月夜公が化けたものらしい」

「……本当に一芝居打ったわけだね？」

「ああ。本当にとんでもないやつだよ。うぶめもうぶめだよ。あんなに近くで弥助の危機を見ておきながら、なにをぐずぐずしていたんだか」

そのことにおいて、千弥は怒りがおさまらない様子だった。

と、ここでまたしても疑問が弥助の頭にうかんできた。

「でも、うぶめってすごく弱い妖怪なんだろ？　それなのにどうしてあやかし食らいを追いはらえたのかな？」

首をひねる弥助に、千弥の顔がやさしいものになった。

「うぶめがか弱い妖怪だというのは本当だよ。だが、守るべき子どもに危険が迫ったとき、うぶめはこの世のなにより強くなる。子どもを守りたいという思いが、そのままうぶめの力に変わるから。だからこそ、妖怪たちは大事な子どもをうぶめに預けるんだよ」

子を愛する心、子を案じる心、子を守りたいと願う心。そういう思いが、うぶめというあやかしを生みだしたのだと、千弥は話した。

(うぶめを見たとき、おっかさんの顔を見たと思ったけど……。あれも、見まちがいなんかじゃないんだ。おれのおっかさんの思いが、うぶめの中に宿っているんだ)

不思議なせつなさとよろこびを、弥助は胸に噛みしめた。

「じゃあ……うぶめはおれを許して、守ってくれたんだね」

「ああ、そうだよ。うぶめはおまえを許した。新たなうぶめ石も受け入れてくれたから、さっそく子預かり屋にもどるだろう。おまえの子預かり屋の役目も、今日中に解かれると思うよ。だいじょうぶ。またもとの暮らしにもどれるんだよ」

ほほえみかえそうとしたところで、弥助ははっと顔をこわばらせた。またわからないことが出てきてしまったのだ。

言葉を選びながら弥助は言った。

「今度のうぶめ石は、千にいが差しだしたものだって言ったね？　なにを差しだしたの？」

「これさ」

そう言って、千弥はふところからなにかを取りだした。

大人のこぶしほどの大きさの、丸いものだった。真珠のように白いが、どことなく蒼く透きとおってもいる。かすかに銀色にかがやいているさまは、まるで小さな月のようだ。

息をのんでいる弥助に、静かに千弥は口を開いた。

「わたしの目玉だ。かつて月夜公がわたしから取りあげ、以来ずっと妖怪奉行所に封印されていたものだよ。先日取りもどしてきたんだよ」

「取り、もどした？」

「まあ、ちょっとした騒ぎにはなったがね。頭の固い役人妖怪たちときたら。わたしが目玉を取りもどしにきたのは、また悪さをするためだと思いこんで、こちらの話を聞こうともしない。そのつもりがあれば、とっくの昔にやっていたというのに」

ひっそりと千弥が笑う。どことなくすごみのある笑みだった。

「この目玉には、わたしの力のほとんどが封じられている。住まいにうるさいうぶめにはぴったりのものさ。いまは、これがうぶめ石なのさ」

弥助はうぶめ石を見、千弥を見、ふたたびうぶめ石を見つめた。言葉がなかなか出てこなかった。たずねたいのに、知りたいのに、なかなか切りだせない。

気まずい空気を読みとったのか、玉雪がすっと外に出ていった。

その場にいるのは弥助と千弥だけとなった。

息を吸いこみ、弥助はついに言った。

「千にいは……人間じゃないんだね？」

千弥はふわりと笑った。

「もはや隠しとおせないようだね。そうだよ。わたしはあやかしだ。もとの名は白嵐」

「白嵐……」

「狂風の白嵐。千禍の一眼魔獣。白の鬼麒麟。妖怪たちはそうわたしを呼んだ。自分で言うのもなんだが、白嵐であったころのわたしは強かったんだよ。なんでもできたし、なにをやっても許されていた。それというのも、わたしの目が特別だったせいだ」

「特別……」

「そう。あらゆるものをとりこにする目を、わたしは生まれ持っていた。どんなあやかしも、わたしが見つめるだけで、魂を捧げるようになってしまう。だからこそ、つまらなかった。だれもがわたしにすりよってくるが、それはすべてわたしの目に囚われただけ。だれも信じられなかった。だから、気の向くままにいろいろなことをしでかした。ひどいことも……ずいぶんしたよ」

それで、とうとう妖怪奉行所の月夜公に追いつめられるはめになったという。

「その前から、月夜公には憎まれていたからね。あいつとは……とにかくいろいろあったのさ。で、わたしはあいつの顔に刃風を叩きつけてしまった。そのお返しに、あいつはわたしの力の源である目を奪い、わたしを人間界に追放するという裁きをくだしたのさ」

「そんな……」

「つらくはなかったよ。目が見えなくなっても、別に不自由はなかったし、力の大半が失せてしまったことも、どうでもよかった。なにもかもどうでもよかったのさ」

このまま人間界をさ迷っても、おもしろいものは見出せまい。いっそ千年ほど眠ってしまおうか。

そんなことを考えていたとき、千弥は夜の森で一人の子どもと出会ったのだ。

「その子どもからは、あらゆる感情があふれていた。さびしさ、恐怖、不安。それらは、わたしのうつろな胸に突きとおるほどだった。あのときはひさしぶりに興味というものがわいたよ」

　そばによると、子どもは白嵐に抱きついてきた。置いていかないでと、とにかく必死にすがりついてきた。そんなことを望まれたのは初めてだった。しかも、魔眼と力を失った状態で、こんなことが起きるとは。

　おどろきと共に、白嵐の中に興味が芽生えた。

「だから、思ったんだよ。人になりすまして、この子どもを育ててみようと。言っておくが、愛しさなんかなかったよ。拾ったのは、あくまでわたしのためだった。力をなくしたわたしを、慕ってくれる者などいないと思っていたし。我ながらひねくれていたものだよ」

　もしおもしろくなくなったら、捨ててしまえばいい。

　そんな薄情なことも考えていたのだ。だが、子どもに対する興味は日に日に増し、人としての暮らしにあきることはなかった。そして、いつのまにか胸のむなしさも埋まっていた。守りたいという、温かな気持ちに満たされて……。

「そうして、白嵐は千弥となったのさ。これでわたしの話はすべてだ。なにか言いたいことはあるかい？」

「……月夜公の顔を傷つけるなんて、千にいはすごく度胸があったんだね」

「……これだけ秘密を打ちあけられて、出てくる言葉がそれかい？」

「だ、だってさ、あの月夜公だろ？　あいつの顔を傷つけたんだろ？」

弥助は月夜公を思いだす。

あの気位の高い妖怪の、おそろしいほどきれいな顔を傷つけた。そのときの月夜公の怒りを考えるだけで、背骨がふるえる。

「……おれ、しょっぱなから月夜公にきらわれたんだけど……。匂いが気に食わないって」

「ああ。わたしの匂いが弥助についていたからだろうね。あいつも大人げないことだ」

「め、目玉を取りかえすとき、よく月夜公を説得できたね？　うぶめ石に使うって言っても、そう簡単に目玉を渡してくれそうには思えないんだけど」

「ああ。そのとき、やつはいなかったんだよ。うわばみ姫の宴に呼ばれて、留守でね。おかげで助かった。あいつがいたら、目玉を取りもどすのはむずかしかったろう。運がよかったよ」

どこか楽しげに話す千弥に、「ああ、やっぱり妖怪なんだな」と、弥助は思った。

「……おれのこと、よく育てられたね。よ、妖怪だったのに」

「さいしょは大変だったよ。それまでのわたしは、人間のことなどなに一つ知らなかったからね」

寒いときでも子どもに薄着をさせ、冷たいものを平気で与えた。当然、子どもは風邪をひくわ、腹をくだすわ。それならと、ムカデの目玉を煎じた薬を与えたところ、今度は薬が強すぎて、泡をふいてひっくり返ってしまう始末。

「万事がそんな調子でね。なぜ人の子はこんなにも弱いのかと、首をひねったものさ。そんなふうに思いなやむこと自体も、わたしには新鮮だったがね」

「……おれ、よく死ななかったね」

「実際、何度も死にかけたよ。いま思いだすと、ぞっとする。だが、弥助は生きてくれた。こうして大きくなってくれて。……感謝しているよ、弥助。育ってくれてありがとう」

育ってくれてありがとう。

心に響く言葉に、弥助は泣きながら千弥に抱きついた。

「うん。千にいも。おれを育ててくれてありがとう。……ごめん。千にいはたくさんのものを、おれのために……目玉だって……うぶめにあげちまって」

「気にすることはない。どうせ奉行所に取りあげられていたものだ」

「だけど、いつか返してもらえたかもしれないじゃないか！」

「いいんだよ。弥助のために役立てたんだ。これほどいい使い道は他にないさ」

後悔はしていないと、晴れやかに言う千弥に、弥助はいっそう泣けてきた。

千弥は言わないが、人の世界に溶けこむには、苦労が山ほどあったはずだ。あらゆることにとまどいながら、必死で人の暮らしを学んでいったにちがいない。その上で、弥助に感謝していると、笑ってみせる。ああ、その笑顔のなんと温かく、人らしいことだろう。

自分のために人になってくれた千弥を、弥助は心から愛おしいと思った。

だから勇気をふりしぼり、弥助は本当にたずねたかったことを口に出した。

「これからも、そばにいてくれる？」

「弥助がそう望んでくれるのなら」

「もちろんだよ。どこにも行かないで。絶対行っちゃだめだ！」

千弥は口元をほころばせ、大事な子どもの頭をそっとなでた。

「弥助が望むならそうしよう。ずっとそばにいるよ」

約束の言葉に、弥助は胸をなでおろした。

千弥が妖怪だったというのには、おどろいたことはおどろいた。が、はっきり言えば、それすらもどうでもよかった。

千弥といっしょにいたい。望むのはそれだけ。いっしょにいられることが、弥助にはなにより大事なことだった。

だから、もっとその絆を強めたい。

（おれだって……変わらなくちゃ）

いまのままではだめだ。あまえるばかりで、情けなさすぎる。

母親に、守るだけの価値のある子であったと、胸を張って言ってもらえるような人間になりたかった。千弥に愛されるのにふさわしい人間になりたかった。妖怪の白嵐ですら変われたのだ。なら、自分にだってできるはず。

とりあえず、千弥に按摩の術を習おうと、弥助は思った。向いているかどうかはまだわからないが、とにかくやってみよう。もし向いていたら、そのまま修業を積んで腕をあげて、いずれは千弥を養えるほどの按摩になってやる。

新たな夢をかかげたことで、体がかっかと燃えてくる気がした。と、千弥が弥助の額に手をあてて、心配そうに言ってきた。

「熱があるようだね。冥波巳の瘴気にあてられたんじゃないかい？」

「えっ？　ああ、でもだいじょうぶだよ」

「あまく見てはだめだよ。喉だってつぶされかけたんだ。しっぷもしなくては。わたしとしたことが、なにを長話をしてたんだろうね」

弥助をふとんに押しこんだあと、千弥はいそいそと動きはじめた。長持や甕の中から、次々と薬の壺を取りだしていく。あれをぜんぶ飲まされたら、別の意味で大変なことになりそうだ。弥助はあわてて言った。

「手当ては玉雪さんにやってもらうよ。それより、千にいは卵を買ってきてくれない？卵酒が飲みたいんだ。店はもう開いてないと思うから、大家さんのところでわけてもらってきてよ。一個でいいから」

「いや、弥助のためだ。ありったけもらってくるよ。玉雪。玉雪、来ておくれ」

すぐさま玉雪がもどってきた。また人型になっていたが、その顔は冴えなかった。

「……あのぅ、千弥さま。外に、あのぅ、妖怪奉行所の烏天狗たちが来ていますよ」

「烏天狗が？　どうして……ああ、そうか。忘れていたよ」

床に置いてあったうぶめ石を拾うと、千弥はがらっと大きく戸を開けはなった。

なるほど。そこにはずらりと烏天狗たちがならんでいた。みんな六尺棒をかまえ、警戒した様子で、千弥をにらんでいる。

飛黒が進みでてきた。

「ことがすんだようなので、うぶめ石を受けとりに来た」

「せっかちなことだね。まだうぶめももどってきていないというのに」

「知っている。だが、これ以上うぶめ石を人界に置いておくなとの、月夜公の命なのだ。これからは我らがしかるべき場所に石を置き、守ることにあいなった」

「ずいぶんとびくびくしているじゃないか。……もしかして、わたしに目玉を渡したこと、まだ月夜公にねちねちとしかられているのかい？」

「そ、そんなことはおぬしには関係ないわ！　と、とにかく、石を渡せ。うぶめは、どこであろうと石のありかがわかるゆえ、なんの問題もないはず。……よもや返さぬとは言わぬであろうな？」

「妖怪証文まで書かせたくせに、疑いぶかいことだね。言ったはずだよ。この目玉も、かつての妖力も、いまのわたしには必要のないものだ」

そう言って、千弥はうぶめ石を飛黒に渡した。ほっとしたように、烏天狗たちが肩の力を抜いた。千弥がもとの力を取りもどすのではと、よほどおそろしかったらしい。

「では、さらばだ」

もっともらしげに声を投げかけ、烏天狗たちは背中の翼を羽ばたかせた。

そして彼らが飛びさったあとには……。

月夜公が立っていた。

あっと、弥助はさけび、玉雪もひえっと声をあげた。だが、千弥だけは動じなかった。

一方、月夜公も千弥ただ一人を見ていた。と、口の端があざけるようにつりあがった。

「まさか、まことに目を渡すとは。うぬはずいぶんとふぬけたようじゃな、白嵐。かつての刃のごとき顔つきはどこへ行きよった？」

「大きなお世話だよ。だいたい、ふぬけのほうが下手に気取った貴様よりましだよ」

「ふん。かわいげのなさはあいかわらずか。うぬくらいじゃ、この吾を本気で怒らせるようなふるまいができるのは。まったく。古傷がちくちくする」

ぺとりと、月夜公は恨みがましげに仮面で隠したほうの顔をなでる。

「それはこっちのせりふだよ。だいたい、あきれたやつだね。まだ根に持っているとは。たかが傷一つじゃないか」

「手ひどく痛んだぞえ。みにくい傷も残り、いまもかようにに仮面で隠さねばならぬ」

「だれも貴様の傷など気にはしないだろうに」

「吾が気にするのじゃ、吾が！　だれが他者のことなど言うておるか！」

どなって地団太を踏む月夜公。三本の尾もぶんぶんとふりまわし、その勢いに、尾を支えているねずみが二匹吹きとんだ。

「そんな恨み言を言いに、わざわざ来たのかい？　なら、もう気がすんだろう。帰ってくれないかい？……貴様の顔を見ていたくないんだよ。昔を思いだしてしまう」

「……吾とて、うぬの顔など二度と見とうはなかったわ。いざというときのために、吾は出むいてまいっただけよ。うぬの甘言にまどわされて、うかうかと目玉を渡したのは、吾の配下の者。配下の手抜かりは、すなわち主たる吾の責になるからの」

「その様子だと、だいぶ部下たちをしかりとばしたようだね」

「当たり前じゃ。怒りにまかせて、奉行所を半分ほど吹きとばしてしもうたわ。まったく。すべてうぬのせいじゃ」

「言いがかりをつけないでもらいたいね。それに、おまえだって、うぶめと勝手に話をつけて、わたしに知らせもしないで、あやかし食らいを解きはなったじゃないか」

「だまりゃ！　それはそれ、これはこれじゃ！」

びしりとどなりつけたあと、月夜公はじっと千弥を見た。

「吾は、かならずやうぬは目玉を取りもどすと思うておった。妖界にもどってくるために。吾と戦うために。……なぜ、そうせなんだ？　いったいなにをたくらんでおるのじゃ？」

「人聞きの悪いことを言わないでほしいね。いまのわたしには力よりも大事なものができたのだ。それだけの話だよ」

「それが、そこの人の子だというのかえ？」

ふんと、鼻でせせら笑われ、千弥はこわい顔をした。

「弥助をばかにするなら相手になるよ。考えてみれば、貴様には払ってもらわなくちゃいけないお代が山とある」

「たわけ！　それはこちらのせりふじゃ！　なにをしゃあしゃあと言いよるか！」

ばちばちと青白い火花が出そうな視線を、千弥と月夜公は交わしあった。

だが、いまにも戦いがはじまるかと思いきや、ふいに静かな声で月夜公は言ったのだ。

「では、今後も妖界にもどる気はないのじゃな？」

「ない」

「ふん。なら、それでいいわえ。……白嵐よ」

「千弥だよ」

「いちいちうるさいやつじゃ。では、千弥。うぬの選択は、吾にはとんと理解できぬこと。だが……それもまたよいのかもしれぬな」

おどろいた顔をする千弥から目をそらし、月夜公は弥助を見た。

「弥助。うぶめがもどってきたゆえ、うぬの子預かり屋もこれまでよ。よく励んだの」

「は、はい」

「この白面の化け物をしっかりつなぎとめておくのが、今後のうぬの務めじゃぞ。うぬにあきて、また妖界にもどってこられたりすると、迷惑じゃからの」

「大きなお世話だよ」

千弥が不機嫌にうなる。

にやっと笑ったあと、月夜公はその場から消えた。最後にさらばとも言ってこないところが、じつに月夜公らしかった。

弥助はふうっと息を吐いた。

「おれ、月夜公が苦手だよ。……月夜公を本気で好きなのって、津弓くらいじゃないかな」

「まあ、気むずかしいところは多いがね。でも、あれでなかなか良いところもあるんだよ。かつては、わたしも……いや、なんでもない。ほら、弥助。寝ていなさい。玉雪。手当てを頼む」

「あ、はい。ただいま」

「じゃあ、わたしは卵をもらってくる。弥助、うんとあまい卵酒をこしらえてあげるからね」

「あ、いえ、卵酒はあたくしがこしらえますよ、千弥さま」

「なんでだい？　こんなときくらい、わたしがこしらえるよ」

千弥と玉雪のやりとりに、くすくすと笑っているうちに、いつしか弥助は眠りについていた。すべて終わったんだという安心感にあふれた、幸せな眠りだった。

だが……。

数日後、弥助のもとに月夜公からの手紙が届くのだ。

弥助。うぶめがもどってまいったぞえ。例の魔物は、北海のかなたでちりぢりにしてやったと言うておった。これでもう、うぬの前に現れることはあるまい。それでな、吾はうぶめと少し話をしたのじゃ。うぶめはうぬのことをたいそう気に入ったらしく、うぬを補佐役にしたいそうじゃ。うぬのことを好いている子妖怪も多いようじゃし、自分が体を休めたいときには、うぬに代わりを務めてもらいたいとな。

というわけで、弥助、うぬに子預かり屋代理を申しつける。よく励め。以上じゃ。

あとがき

読者のみなさま。『妖怪の子預かります』第一巻を読んでくださり、ありがとうございました。この作品はもともとは大人向けの小説でしたが、「子どもたちにも読めるよう、書きなおしてほしい」と頼まれて、書きなおしました。

「よろこんでやらせていただきます！」と、元気よく返事をしたわたしでしたが……大人向けを子ども向けにするのは、なかなかむずかしいのだと、思い知りました。

読みやすくするため、とにかくページ数を少なくしなくてはいけません。ストーリーの流れは変えないようにしながら、思いきって、エピソードを丸ごと消したところもあります。

わたしが好きなマンガ『鬼滅の刃』に、「～の呼吸 壱ノ型」と、かっこいい技名が出てきますが、わたしの場合ですと、「執筆の呼吸 壱ノ型 百枚削り！」と名づけるべきでしよう（ちなみに、奥義は「執筆の呼吸　拾ノ型　締め切りやぶり！」です）。

とはいえ、新しいことに挑戦するのはいつも楽しいものです。「こんな言葉を使ってみようか」とか「こんな言い回しにすれば、もっといいんじゃないか」とか。そうやって、頭をフル回転させているのが楽しいのです。

さて、「妖怪の子預かります」では、これからもどんどん新しい妖怪たちが登場します。胸がキュンとするようなかわいい子もいれば、とんでもない困ったちゃんもいて、弥助はいつもてんてこ舞い。でも、そのおかげで、弥助自身も成長していくのです。そして、時には大きな事件へと巻きこまれたりもします。

第二巻では、弥助はとても危険な目にあいます。

ということで、二巻目もどうかお楽しみに。

廣嶋玲子

妖怪(ようかい)の子預(あず)かります 1

2020年 6月12日 初版
2024年11月 8日 9版

著者
廣嶋玲子(ひろしまれいこ)

発行者
渋谷健太郎

発行所
(株)東京創元社
〒162-0814 東京都新宿区新小川町1-5
03-3268-8231(代)
https://www.tsogen.co.jp

装画・挿絵
Minoru

装幀
藤田知子

印刷
フォレスト

製本
加藤製本

乱丁・落丁本は、ご面倒ですが小社までご送付ください。
送料小社負担にてお取替えいたします。

ISBN978-4-488-02821-3 C8093